朵貝・楊笙經典童話 1

MOOMIN

姆米谷彗星來襲

Kometen kommer

朵貝・楊笙｜Tove Jansson
劉復苓 譯

目次

登場人物介紹

姆米托魯 Moomintroll

姆米故事的主角，對任何事物都充滿好奇心。姆米托魯喜歡在大海游泳、蒐集貝殼，以及和朋友到未知的地方探險。

姆米媽媽 Moominmamma

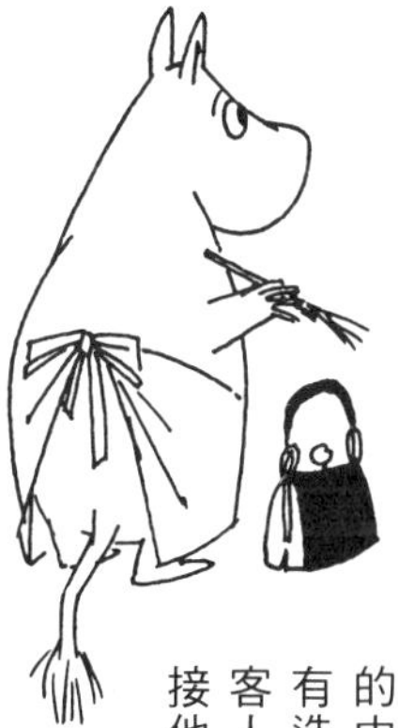

溫柔又慈祥的母親，是姆米一家的中心。對於所有造訪姆米家的客人都溫暖的迎接他們。

姆米爸爸 Moominpappa

姆米家的父親，喜好哲學思想。雖然嚮往著獨自流浪，但是對姆米爸爸而言，保護家人是他最重大的責任。

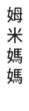

史尼夫 Sniff

姆米托魯的好朋友，個性膽小但是崇尚冒險，喜歡擁有各種美麗的寶物。

司那夫金 Snufkin

居無定所、到處流浪的旅行家。司那夫金不喜歡太多行李，也避免自己擁有太多東西。

麝香鼠 The Muskrat

原本住在橋下的哲學家，因為住家遭沖毀而打擾姆米一家。麝香鼠認為，沒有一件事情是必要的。

司諾克 Snork

姆米托魯在路上遇見的司諾克兄妹，長得和姆米家族幾乎一樣。而身為哥哥的司諾克喜歡計算數字，總是建議大家開會解決問題。

司諾克小姐 Snork Maiden

司諾克的妹妹，是個青春的女孩兒，有著金色的漂亮劉海，身體會隨著心情而改變顏色。

亨姆廉 The Hemulen

亨姆廉家族個性古板，各自有不同的收藏嗜好。姆米托魯在旅程中遇到兩位亨姆廉先生，一位喜歡蒐集稀有昆蟲，另一位的興趣則是集郵。

NW
NO
W
Õ
SW
S
SO
溜溜之島
寂寞山
小山丘
沙灘
紫丁香叢
柴房
茉莉花叢
菸草田
姆米家
一樓
二樓
陽台
客廳
麝香鼠的房間
亨姆廉的房間
托夫斯藍和碧芙斯藍的房間
廚房
儲藏室
浴室
姆米媽媽的房間
姆米爸爸的房間
雜物間
史尼夫的房間
司那夫金和姆米托魯的房間
司諾克的房間
客房
姆米谷地圖
Tove

第一章

姆米托魯和史尼夫發現通往海洋的神祕道路、捕撈珍珠、發現洞穴、麝香鼠如何不讓自己感冒

姆米一家在洪水（那又是另外一個故事了）後重新找回他們的房子，並在這座山谷安頓下來，至今已經過了幾個禮拜。這是個美妙的山谷，居住著快樂的小動物和開滿花朵的樹木，還有一條清澈的河流自山頭流下。小河在姆米家的房屋四周繞了一圈，便消失於另一座山谷之中，難怪其他動物找不到它的源頭。

姆米爸爸完成跨河大橋的那天早上，史尼夫有了新發現（山谷裡還有許多事物尚待他們發掘）。他在森林裡閒晃的時候，突然發現一條從沒看過的道路，詭祕的蜿蜒進入綠蔭。史尼夫看得出神，瞧了好幾分鐘。

「道路和河流真有意思，」他心想：「你看見它們經過，突然感到沮喪起來，想要遠走他方。也許我該去追隨這條道路或河流行進的方向，我應該找姆米托魯一起出發探險，因為只有我自己的話，會有點危險……」於是，他用美工刀在樹幹上刻下一個祕密記號，以便能再找回這裡。「姆米托魯一定會很驚訝。」他驕傲的想著，盡全力跑回家，畢竟他可不能錯過午餐。

史尼夫到家時，姆米托魯剛好搭建完他的鞦韆。他對那條祕密通道似乎很感興

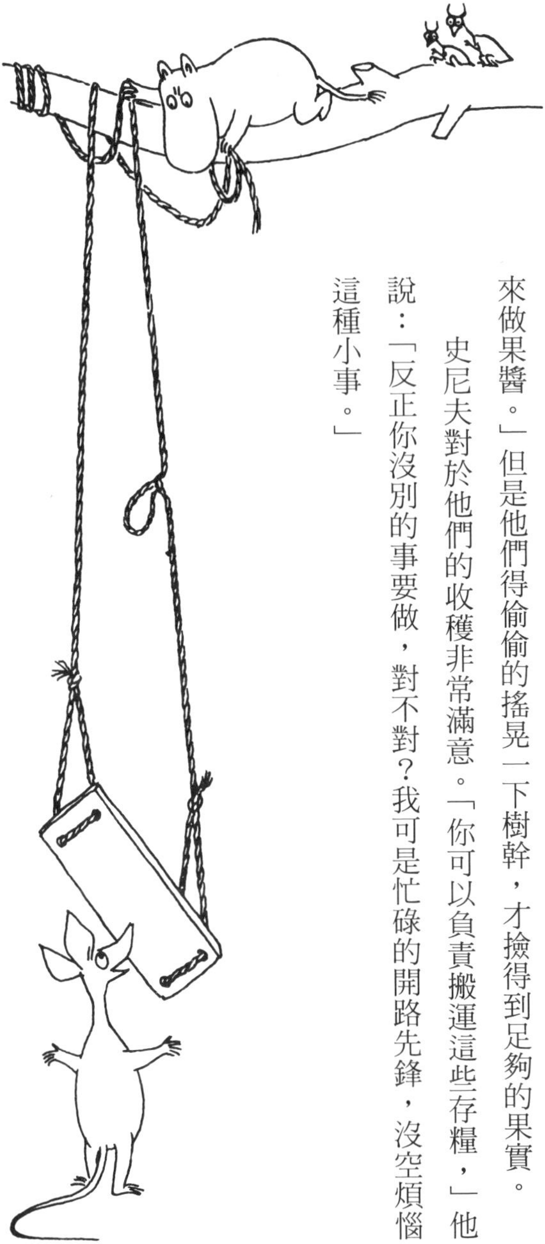

趣，一吃完飯，兩人便立刻出發，一探究竟。

他們在半山腰看到一叢藍樹，上面結滿巨大的黃色梨子，他們當然不能無動於衷，因為史尼夫說他肚子餓了。

「我們最好只撿那些被風吹落到地上的，」姆米托魯說：「讓媽媽用來做果醬。」但是他們得偷偷的搖晃一下樹幹，才撿得到足夠的果實。

史尼夫對於他們的收穫非常滿意。「你可以負責搬運這些存糧，」他說：「反正你沒別的事要做，對不對？我可是忙碌的開路先鋒，沒空煩惱這種小事。」

他們爬上山頂後，又回頭看著腳下的山谷。姆米家變成一個藍點，河流是細長的綠色絲帶，鍬鑣則徹底消失在視線之內。「我們從來沒有在距離這麼遙遠的地方，看過自己的家園。」姆米托魯說。他們想到這裡，都興奮得起了雞皮疙瘩。

史尼夫動了動鼻子。他看著太陽，感受風吹拂的方向，再用力嗅聞空氣。事實上，這正是一個偉大的開路先鋒會有的行為。

「應該就在附近了，」他急切的說：「我用小刀在通道入口的一棵棕櫚樹上刻了祕密記號。」

「是這裡嗎？」姆米托魯指著左邊樹幹上的螺旋圖案問道。

「不！在這裡！」史尼夫叫道，他在右邊的樹幹上發現另一個螺旋圖案。

此時，兩人同時看到正前方的樹幹上也有螺旋圖案，只不過是在非常高的地方，至少離地一公尺高。

「就是那個記號！我確定！」史尼夫踮起腳尖說：「我一定長得比我以為的還要高了！」

「真是太奇怪了！」姆米托魯環顧四周後驚呼：「這裡到處都是螺旋圖案！有些甚至在三十公尺高的地方。史尼夫，我想我們找到了一條鬼路，鬼怪想阻止我們走這條路。你要怎麼解釋？」

史尼夫不發一語，他的鼻子變得非常蒼白。這時，一陣令人毛骨悚然的笑聲打破寂靜，接著從天空落下一顆藍色的大李子，差點打中姆米托魯的眼睛。史尼夫嚇得大聲尖叫，馬上躲了起來。姆米托魯則是很生氣，決定找出攻擊他們的敵人。突然間，他看到對方了，那是一隻絲絨猴！他生平第一次和絲絨猴正面相對！

她蹲伏在樹枝間，彷彿一小團黑色毛球。她的臉龐圓滾滾，顏色要比身體其他部分來得淺，就像史尼夫隨便洗臉後鼻子會變成的顏色，而她的笑聲比她的體積要大上十倍。

「停止那可怕的笑聲！」姆米托魯看到她的體型比他還小，便鼓起勇氣大喊：「這是我們的山谷。妳可以去其他地方笑個痛快。」

「卑鄙的傢伙！」史尼夫喃喃說著，假裝沒有被嚇到。絲絨猴卻只是用尾巴吊著身體，笑得更加響亮。她朝他們丟了更多李子後，就消失在森林裡，只留下邪惡的笑聲縈繞許久。

「她要逃跑了！」史尼夫大叫：「快點！我們去追她。」他們急急忙忙的追趕在後，躲避著不斷掉落的熟透梅子和毬果，衝過樹叢和荊棘，腳下所有小動物全都匆忙的逃進地洞裡。

絲絨猴在他們前方，從這棵樹盪到下一棵樹，她已經好幾個禮拜沒這麼開心了。

「你不覺得，我們這麼努力的追一隻臭猴子，有點可笑嗎？」史尼夫上氣不接下氣的說：「我看不出來，她有什麼值得我們追逐的。」

姆米托魯表示贊同，兩人便坐在樹下，假裝在思考什麼重要的事情。絲絨猴就在他們頭上的樹枝舒服

的趴著，也裝作在沉思的樣子。她覺得這樣很好玩。

「不要看她。」姆米托魯低語，隨即裝腔作勢的大聲說：「史尼夫，這地點很棒，對不對？」

「沒錯，這條通道看起來也很有意思。」史尼夫回答。

「通道，」姆米托魯若有所思的重複這兩個字，接著倒抽一口氣：「這一定是傳說中的祕密通道。」

它的確看起來異常神祕。李樹、橡樹和白楊樹的枝幹在他們頭頂上交錯，形成一條幽暗的隧道，通往未知的前方。

「現在我們得認真思考一下，」史尼夫說，他沒忘記自己是開路先鋒，「我來找路，如果你看到任何危險的事物，就敲三下。」

「我該敲哪裡？」姆米托魯問。

「敲哪裡都行，」史尼夫說：「只要不開口就好。你把我們的存糧放在哪裡？你弄丟它們了嗎？老天！難道我得每件事都自己來嗎？」

姆米托魯皺著眉頭表示抗議，但沒有答話。

於是，他們慢慢走進綠色隧道，史尼夫找路，姆米托魯則負責留意是否有危險的入侵者。絲絨猴就在他們頭上跳過一根又一根的樹枝。

通道在樹林間曲折的拐來拐去，越來越窄，到最後居然完全消失了。姆米托魯面露困惑。「這個嘛，好像就是這樣了。」他說：「我還以為會找到什麼特別的東西呢！」

兩人呆呆的愣在原地，失望的看著彼此。此時，一股帶來鹹味的風吹過他們的臉龐，遠方還傳來陣陣細微的嘆息。

「一定是海！」姆米托魯開心的吶喊，朝著逆風的方向奔跑，他的心興奮的跳動著，姆米托魯最喜歡游泳了。

「等一下！」史尼夫大叫：「別丟下我！」

姆米托魯絲毫沒放慢腳步，一路跑到海邊後才坐了下來。他嚴肅的望著海浪拍打上岸，一波接著一波，簇擁著白色泡沫的浪頂。

不久之後，史尼夫也跑出樹林，來到他旁邊。「這裡好冷。」他說：「對了，你還記得嗎？我們以前跟溜溜在狂風暴雨中航行的時候，我暈船暈得好嚴重。」

「那都是另一個故事了，」姆米托魯說：「現在我要去游泳了。」他連衣服都沒脫下，直接衝進了滔滔白浪當中。當然，這是因為姆米托魯根本就沒穿衣服，他只有睡覺時偶爾會穿上睡衣。

絲絨猴從樹上爬下來，坐在沙灘上看著他們。「你在做什麼？」她大叫：「你不知道海水又濕又冷嗎？」

「我們終於成功引起她的注意了！」史尼夫說。

「是啊。對了，史尼夫，你潛水時會不會張開眼睛？」姆米托魯問。

「不會！」史尼夫說：「我也不想嘗試！你永遠不知道會在海底看見什麼。如果你張開眼睛，發生可怕的事情可別怪我！」

「哼！」姆米托魯說完就潛入大浪中，往下游進閃著綠光的泡泡裡。他越潛越深，來到一大片隨海流蜷曲搖擺的海草森林，海藻上妝點著美麗的白色和粉紅色貝殼。他朝著散發淺綠色澤的微光繼續往下游，發現一個幾乎深不見底的黑洞。

姆米托魯回頭，快速游上海面，剛好遇到一波大浪將他直接推回岸邊。史尼夫和絲絨猴就坐在那裡，大聲叫喊救命。

「我們以為你淹死了，」史尼夫說：「或者被鯊魚吃掉了！」

「別亂說！」姆米托魯的口氣還是一樣不屑：「我

對海洋熟悉得很。我在海裡的時候想到了一個點子，是很棒的點子。但我不確定其他人該不該聽見。」他意有所指的看著絲絨猴。

「走開啦！」史尼夫對她說：「這是我們的私事。」

「噢，拜託，告訴我啦！」絲絨猴懇求，她是全世界最好奇的生物，「我發誓我一個字都不會說出去。」

「我們該不該要她發誓？」姆米托魯問。

「這個嘛，有何不可？」史尼夫回答：「必須是正式的發誓喔。」

「妳跟著我念：」姆米托魯說：「『如果我不用性命保守這份祕密，大地將吞噬我，老女巫搖響我的乾骨，我也再也吃不到冰淇淋』，妳說一次。」

絲絨猴複述了一遍發誓內容，但念得不是很完整，因為她腦中根本記不住這麼長的句子。「很好！」姆米托魯說：「現在我告訴你們，我要去捕撈珍珠，再把珍珠放進盒子裡，埋在這片沙灘。」

「我們要到哪裡找盒子？」史尼夫說。

「這份工作就交給你和絲絨猴完成。」姆米托魯回答。

「為什麼我每次都得做困難的事情？」史尼夫沮喪的問：「樂趣全讓給你享盡了。」

「你剛才還是開路先鋒呢，」姆米托魯說：「而且你又不會潛水，別鬧了。」

於是，史尼夫和絲絨猴沿著海邊晃蕩。「卑鄙的傢伙！」史尼夫小聲抱怨著：「他可以自己找盒子啊。」

兩人閒逛了一會兒，沒多久，絲絨猴就忘記他們該做的正事，轉而抓起螃蟹了。一隻螃蟹用怪異的姿勢橫衝直撞，牠衝進石頭下面，只露出兩隻眼睛，不懷好意的瞪著他們。他們跟蹤牠好長一段時間，最後牠跳進岩石縫隙，在身體周圍建起一道沙牆，讓他們再也看不到牠。

「真可惜，反正牠已經走了，」絲絨猴說：「來吧！我們來爬岩石！」

這是個荒野的海岸，岩石陡峭又參差不齊。他們爬了一會兒，來到一個突出於海面上的狹窄岩架，一邊是陡直的山壁，另一邊則是面海懸崖。

「你害怕得不敢往前走了嗎？」絲絨猴問。對四腳並用的她來說，這一切輕而易舉。

「我從不害怕。」史尼夫回答：「我只是覺得這裡的視野比較好。」

絲絨猴嘲弄的笑了笑，舉起尾巴，騰空跳起。沒多久，史尼夫聽到她的笑聲。

「嘿！」她大叫：「我幫自己找到房子了，這房子還不錯！」

史尼夫猶豫了一下，他很喜歡位於各種特殊地點的房子，實在抗拒不了想瞧一眼的好奇心。於是他緊閉雙眼，嘴裡念著「守護神保護所有小動物」的禱告詞，開始沿著岩架攀爬。拍上岸的浪花害得他好幾次全身濕透，他一面爬，一面感受到前所未有的恐懼，同時也覺得自己勇敢無比。突然間，他踩到絲絨猴的尾巴，便趕緊張開眼睛。她肚子向下的趴在地上，頭伸進岩洞裡，喋喋不休的又說又笑。

「所以呢？」史尼夫說：「妳說的房子在哪裡？」

「在這裡面！」絲絨猴大喊一聲後，完全消失在岩洞裡。出現在史尼夫眼前的是一座不折不扣的山洞，是他一直夢想找到的那種山洞。入口非常小，裡面的空間卻很寬敞，岩壁順勢向上開口，讓陽光得以照射進來，而地上則覆蓋著柔細的白沙。

絲絨猴急忙跑到洞裡一角的縫隙，開始嗅聞並撥動起沙子。

「這裡可能會有很多螃蟹，」她大喊：「過來幫我找找！」

「別煩我，」史尼夫嚴肅的說：「這是我這輩子到目前為止最偉大的時刻，這是我的第一個山洞。」他用尾巴撫平沙子，發出讚嘆。「我要在這裡住一輩子，」他心想：「我要做個繩梯，爬到屋頂看海。姆米托魯一定會大吃一驚。」

此時，他突然記起姆米托魯委託他們的事情。「哎呀，絲絨猴，」他說：「盒子怎麼辦？妳覺得姆米托魯真的需要它嗎？」

「什麼盒子？」絲絨猴問，她的記憶力很短暫，「來吧！我覺得這裡變得有點無聊了。」她轉身跳出山洞，走上岩架，又回到沙灘。

史尼夫跟著慢慢移動，一路上不停回頭，驕傲的看著那座山洞。他整個人自信滿滿，甚至連走在危險的岩架上也忘了害怕。直到他拖著步伐，來到和出發捕撈珍珠的姆米托魯分開的地方時，整個人還無可自拔的沉浸在思緒中。沙灘上已經排放了許多閃閃發亮的珍珠，透過浪花可以看見姆米托魯像個浮標似的載浮載沉，絲絨猴則坐在沙灘上忙著幫自己抓癢。

「我是會計。」她一本正經的說：「我已經數過這些珍珠五遍，每次結果都不一樣。這是不是很不尋常呢？」

姆米托魯涉水上岸，雙手懷抱著滿滿的牡蠣，連尾巴上也捲著幾個。「好了！」他邊說邊甩掉眼睛裡的海藻：「今天到此為止了。盒子呢？」

「沙灘上沒什麼合適的盒子，」史尼夫說：「可是，我有了偉大的發現。」

「是什麼？」姆米托魯問。他最喜歡新發現了，喜歡的程度僅次於神祕通道、泡澡和祕密。

史尼夫停頓了一下，神情誇張的說：「一個山洞！」

「真正的山洞？」姆米托魯問：「可

以從洞口爬進去，還有石牆和沙地的那種？」

「全部都有！」史尼夫驕傲的回答：「一個真正的洞穴，我自己發現的！」他對絲絨猴使眼色，但她正忙著第八次清算珍珠，根本就不再理會洞穴的事情。

「真是太棒了！」姆米托魯說：「大好消息。山洞要比盒子好太多了。我們現在就拿著珍珠前往那裡吧！」

「我也是這麼想。」史尼夫說。

他們將珍珠帶進山洞並整整齊齊的排放在地上後，兩人便就地躺了下來，透過洞頂的縫隙欣賞天空。

「你知道嗎？」姆米托魯說：「如果你往上飛行幾千幾百公里，天空便不再是藍色，而是黑色，就算是白天也一樣。」

「為什麼呢？」史尼夫問。

「就是這樣。」姆米托魯說：「漆黑天空裡棲息著巨大的天空怪獸，像是天蠍、大熊和山羊等等。」

「他們很危險嗎？」史尼夫問。

「對我們來說不危險。」姆米托魯回答：「他們只會偶爾捕捉幾顆星星。」

史尼夫認真的思考了一下，沒多久，他們就不再說話，只是靜靜躺在地上，看著從洞頂射入的陽光爬上白沙，照亮姆米托魯的珍珠。

當姆米托魯和史尼夫回到山谷裡的藍房子時，天色已經暗了。河流平靜的流過橋下，剛上過油漆的小橋閃耀著活潑的色彩。姆米媽媽正在花園四周擺放貝殼。

「我們都吃過晚餐了。」她說：「親愛的，你們最好去看看櫥櫃還有什麼吃的。」

姆米托魯興高采烈的跳躍著。「我們走了至少有一百公里！」他說：「我們順著神祕通道走，還發現了非常寶貴的珍……什麼的東西，可是我不能告訴妳，因為我發過誓。」

「我也發現了『山』什麼的東西！」史尼夫高聲說：「或者也可以說什麼『洞』的東西，但我不能再透露更多了。」

「好吧！」姆米媽媽說：「了不起！一天兩個大發現！親愛的，趕快去吃晚餐吧。爐子上的湯還熱著。但是不要太吵鬧，爸爸在寫書呢。」

她繼續排著貝殼，依照一個藍色、兩個白色和一個紅色的順序排下去，看起來非常美麗。她小聲吹著口哨[1]，心裡想著就快要下雨了。風呼呼的吹著，偶爾還有強風撼動大

1 作者注：姆米家族不會唱歌或哼曲子，但他們吹出的口哨聲很美妙。

樹，吹得葉子四處翻飛。姆米媽媽注意到地平線上聚集了濃密的烏雲大軍，準備攻占天空。「希望不會再有大洪水。」她這麼想著，拾起剩下的貝殼走進屋裡。雨滴也在這時候開始落下。

她來到廚房，看見姆米托魯和史尼夫一起蜷縮在角落，顯然白天的探險讓他們累壞了。她拿來一條毯子蓋在他們身上，自己則坐在窗邊，縫補起姆米爸爸的襪子。雨滴敲打著屋頂，外頭一片淅淅瀝瀝。在姆米屋子的遠處，雨水也滴進了史尼夫的洞穴。而在森林深處，絲絨猴往下爬進了她的空樹幹裡，將尾巴捲在脖子上保暖。

當天晚上，大家都上床睡覺了。姆米爸爸聽到一陣哀切的聲音，忍不住坐起來聆聽。雨水沖進排水管，屋子某處的百葉窗被風吹打得砰砰作響。此時，那個哀傷的聲音又傳進姆米爸爸耳中，他穿上睡袍，走出門外巡視。

他分別查看了天空藍、太陽黃和圓點點的房間，全都一片寂靜。最後，他拉開粗重的門閂，望向屋外的雨中世界。他的手電筒照出一條細長的通道，雨滴在光線中閃著鑽石般的光芒。

「這是什麼東西啊？」姆米爸爸大叫。樓梯上坐著一個全身濕透的可憐傢伙，瞪著一雙閃閃發亮的黑色眼珠。

「我是麝香鼠，」那可憐的東西病懨懨的說：「你知道，我是個哲學家。我要強調的是，你的造橋工程毀了我在河床上的家園。但這也不重要了，我得說，就連哲學家

也不在乎全身濕答答。」

「我真的非常抱歉，」姆米爸爸說：「我根本不知道你住在橋下。請進來，我太太可以幫你鋪張床。」

「我不習慣睡床，」麝香鼠說：「床是不必要的家具。我住的地方只是一個洞，可是我住得很開心。當然，對於一個哲學家來說，開不開心都不重要，但那是個舒服的洞……」他說完這些無意冒犯的話後，便振作精神與體力走進屋內，甩乾身上的水。「多麼特別的房子啊！」他說。

「這裡是我家。」姆米爸爸說，此時他才發現對方是個與眾不同的人，「我在別的地方蓋了這棟房子，但是幾個月前的大洪水將它載了過來。希望你在這裡會很開心。我認為這是個很適合幹活的地方。」

「我在哪裡都能工作，」麝香鼠說：「這是思維的問題。我靜坐思考：沒有一件事情是必要的。」

「真的嗎？」姆米爸爸佩服的說：「也許你想喝杯酒？驅逐一下寒氣？」

「我得說，酒是不必要的，」麝香鼠回答：「不過喝一小滴也無妨。」

姆米爸爸便摸黑進入廚房，打開酒櫃。他踮著腳，想拿取櫥櫃最上方一瓶棕櫚樹酒，卻突然響起一陣可怕的破碎聲：他打翻了蔬菜盤。整棟房子的人立刻都醒了過來，在大家的叫喊和撞門聲中，姆米媽媽拿著蠟燭跑下樓來。

「噢！是你啊，」她說：「我還以為有人闖進來了。」

「我想要拿我的棕櫚樹酒，」姆米爸爸說：「不知道是哪個笨蛋把那無聊的蔬菜盤放在架子邊緣。」

「沒關係，」姆米媽媽說：「它太難看了，摔

破了也不錯。親愛的，爬上板凳吧，這會容易些。」

姆米爸爸一聽，立刻爬上板凳，拿了酒瓶和三個酒杯。

「第三個杯子是要給誰的呢？」姆米媽媽問。

「麝香鼠，」姆米爸爸答：「一個偉大的人。親愛的，他將借宿我們家。當然，這要先經過妳同意才行。」他叫來麝香鼠，將他介紹給姆米媽媽。

他們三人便坐在陽台，為彼此的健康乾杯。雖然是半夜，但他們特別准許姆米托魯和史尼夫下樓。外頭還在下雨，狂風迴旋在煙囪裡，發出神祕的哭嚎。

「我在這條河裡住了一輩子，」麝香鼠說：「從來沒遇過這種天氣。當然，這對我來說沒有任何差別，只不過讓我有了新的事情可以思考。如果這場雨能下在另一頭炎熱乾燥的山谷，會更好一點。我們這裡每天早上都有許多露水，實在不需要雨水。」

「麝香鼠叔叔，你一輩子都住在這裡，怎麼會知道山的另一頭是什麼樣子？」史尼夫問。

「一隻游泳過來的水獺告訴我的，」麝香鼠回答：「若非必要，我不會親自旅行。」

「我喜歡旅行！」姆米托魯叫道：「我認為，沒有什麼事情是不必要的，除了吃稀飯和洗澡……」

「孩子，安靜，」姆米媽媽說：「麝香鼠先生是無所不知的智者，他明白什麼是不必要的。我只希望，像我之前說的，不會再有洪水來襲了。」

「誰知道呢？」麝香鼠說：「最近這裡的確瀰漫著奇怪的氣氛。我有一種不祥的預感，也比平常思考得更多。不管發生什麼事，對我來說都一樣。不過，有件事是確定

的，有大事情要發生了。」

「可怕的事情嗎？」史尼夫拉緊睡衣問道。

「沒人知道。」麝香鼠說。

「現在大家都該上床休息了，」姆米媽媽說：「晚上聽恐怖故事對小孩子不好。」

說完，他們各自回到房間睡覺。到了隔天早上，烏雲依舊在天空盤旋不去，孤獨的疾風也在藍樹林之間發出陣陣哭嚎。

第二章

長尾巴的星星

到了第二天，天空一片陰沉。麝香鼠來到花園，躺在吊床上沉思，姆米爸爸則待在天藍色的房間裡撰寫他的自傳。姆米托魯站在廚房門前，什麼事也不做。

「媽媽，」他說：「妳覺得，麝香鼠說的不祥預兆會是什麼具體的事情嗎？」

「我不認為他是認真的，」姆米媽媽說：「別擔心，親愛的，也許他只是在雨中受寒了。現在，你和史尼夫一起去摘點藍樹上的梨子給我。」

姆米托魯接下了工作，腦袋裡卻還是想個不停，他決定待會兒要找麝香鼠談一談。他和史尼夫抬著他們能找到最長的梯子，一步步爬上山坡。

「要去我的洞穴嗎？」史尼夫問。

「當然，」姆米托魯回答：「但是晚一點，我們得先幫媽媽摘些梨子。」

當他們爬上最大的一棵藍樹時，看到絲絨猴坐在樹枝上向他們招手。

「你們好！」她尖叫著：「天氣真糟！我的房子濕透了，整座森林也亂七八糟。你們是來抓螃蟹的嗎？」

「我們沒有時間，」姆米托魯說：「媽媽要做果醬。更何況，我們有更重要的事情要思考。」

「告訴我！」絲絨猴說。

「我只能說，有事情要發生了，」姆米托魯說：「有一件可怕又不必要、沒人理解的事情就要發生了。最近瀰漫著一種奇怪的氣氛。」

「哈哈！」絲絨猴說：「真好笑！」

「閉上妳的嘴，」姆米托魯將梯子靠在藍樹上，「偶爾也幫點忙吧！」

摘梨子很好玩，因為你可以用力往地上丟，它們會像橡皮球一樣彈起來。姆米托魯一行人邊摘邊丟，大聲呼叫。梨子四處彈跳，掉得滿地都是。絲絨猴還笑得差點從樹上摔下來。

「這些就夠了。」姆米托魯終於鬆了口氣：「這麼多果醬，我們整整一年都吃不完。我們現在把所有果實滾入河裡，我再到橋上接它們。絲絨猴，妳留在這裡守著這一端，史尼夫則留意水流進度。」

「把梨子滾進河裡！」史尼夫興奮的大叫著，迅速奔跑到河邊。絲絨猴將一個又一個的梨子滾下山坡。梨子一一落下，順著水流轉動，閃躲過石頭。史尼夫來回跑著，用長竿子戳了戳卡住的梨子，以便讓它們全都順利的流到橋頭。梨子抵達後再由姆米托魯撈起，高高的堆疊在岸邊。

沒多久，姆米媽媽從屋裡走出來，敲著鑼大喊：「孩子們，吃午飯了！」

「怎麼樣，」兩人走進花園時，姆米托魯說：「我們是不是摘了很多梨子？」

「你們的確摘了很多！」姆米媽媽大聲說：「我從來沒看過那麼多梨子！」

「我們可以帶午餐出去吃嗎？」姆米托魯說：「到我們的祕密基地？」

「拜託啦！」史尼夫懇求道：「我們想要帶很多食物過去，讓絲絨猴也一起享用。還有檸檬汁，可以嗎？」

「親愛的，當然可以。」姆米媽媽說。她打包所有美味的食物，放在竹籃裡，外加一把雨傘以防萬一。

他們來到山洞時，天氣依舊陰沉灰暗。一路上，姆米托魯擔心著他的珍珠，相當安靜。他們直接爬入洞裡，姆米托魯馬上驚慌的大叫：「有人來過這裡！」

「卑鄙的傢伙！」史尼夫大叫：「居然敢闖入我的洞穴！」

原本排放整齊的珍珠，如今被集中在地板中央，排列成某種圖案。「妳還是清點一下，」姆米托魯對跟他們一路從森林走來的絲絨猴說：「妳是會計。」

她前後數了四次，之後又再算一遍，看看會不會有好運氣，可是每次數出來的答案都不一樣。「之前總共有幾顆？」姆米托魯問。

「我記不得了，」絲絨猴說：「不過我之前數的時候，每次的答案也都不一樣。」

「好吧，」姆米托魯說：「那我想一定就沒問題了。那麼，究竟是誰進來過呢？」

三人坐下來，沮喪的看著珍珠排出的圖案。

「它看起來很像什麼東西，」史尼夫終於開口：「我覺得像一顆星星。」

「還有尾巴。」絲絨猴說。

史尼夫狐疑的看著她問：「這不是妳的傑作吧？」他還記得，之前絲絨猴是如何調皮的在每棵樹幹上刻了標記神祕通道的螺旋圖案。

「這是我會做的事沒錯，」她說：「可是，這一次剛好是別人做的。」

「可能是任何人做的，」姆米托魯說：「別想了，我們先吃飯吧。」

他們從竹籃裡拿出鬆餅、三明治、香蕉和檸檬汁，分成三等份。他們高興的享用著，暫時安靜下來。等到食物全部吃光，他們便在沙上挖個洞，把果皮和紙屑埋進去。接著又挖了另外一個洞，將珍珠藏起來。這時姆米托魯說：「肚子填飽後再想一想，事情變得比較清楚了。拖著尾巴的星星不是警告，就是威脅！也許有人基於某種原因生我們的氣，像是祕密組織之類的。」

「你認為那個祕密組織就在附近嗎？」史尼夫問，他開始緊張了，「他們可能比較生我的氣，對不對？」

「沒錯，尤其是你，」姆米托魯說：「這不無可能。也許是因為這洞穴是你發現的。」

史尼夫臉色變得蒼白，他問：「也許我們該回家了？」當然，沒有人理會史尼夫。他們站在崖邊，低頭看著大海，海面猶如一床巨大的灰色絲絨被，上面妝點了白色的花朵。那些花朵其實是一隻隻的海鷗，牠們正棲息在海面上，望向大海。

突然間，絲絨猴開始放聲大笑。「你們看！」她說：「那些可笑的海鷗以為自己是繡花，排成了一顆巨大的星星！」

「星星還有尾巴！」姆米托魯大叫。

史尼夫開始劇烈顫抖，忘了可能墜崖的恐懼，立刻拔腿跑上岩架。他越過沙灘，往姆米谷前進，一路上不停被草叢和樹根絆倒，還被樹枝纏住，撞到鼻子。他涉水穿過小溪後，才頭昏眼花又筋疲力盡的回到山谷。最後，史尼夫像支飛箭，直接射入姆米媽媽的懷裡。

「怎麼啦？」正坐著攪拌果醬的姆米媽媽問道。史尼夫緊緊靠著她，鼻子藏進她的圍裙裡。「有個祕密組織在追我，」他小聲說：「他們要來抓我……」

「有我在，不用怕。」姆米媽媽說：「你要舔一舔果醬鍋嗎？」

「我不敢，」史尼夫啜泣著說：「先不要。也許永遠都不要了！」他停頓片刻後又說：「嗯，也許趁這個空檔舔點鍋邊也無妨。」

姆米托魯到家時，姆米媽媽已經裝完她的大果醬瓶，而史尼夫則是在享用鍋底的果醬了。

「嗯，」姆米托魯說：「有怪事。」

「又怎麼了？」史尼夫從鍋裡焦慮的抬起頭問道。

「沒什麼。」姆米托魯不想再驚嚇他，便這麼說道：「我要去跟麝香鼠聊一聊。」

麝香鼠還躺在吊床上沉思。

「午安，麝香鼠叔叔！」姆米托魯說：「你知道開始發生怪事了嗎？」

「無論如何，沒有新發展吧。」麝香鼠說。

「有的，」姆米托魯說：「是全新的發展。有人在森林裡到處留下祕密記號，像是威脅或警告之

類的。剛才我和絲絨猴回家時，看到有人把媽媽拿來做果醬的梨子排成形狀，看起來像個拖著尾巴的星星。」

麝香鼠炯炯有神的黑眼珠緊緊盯著姆米托魯。他抖動鬍鬚，但終究不發一語。

「一定有問題。」姆米托魯肯定的說：「海鷗也排成一樣的星星圖案，樹林裡的螞蟻也是。我認為，有某個祕密組織想要威脅或是報復史尼夫。」

麝香鼠搖搖頭。「我認為你的推測很有道理，」他說：「但是你錯了，完全錯誤，絕對是錯的，毫無疑問。」

「噢！那算是好事。」姆米托魯說。

「嗯哼！」麝香鼠還是提不起勁來，「當然，對我來說都沒有差別。不過我得承認，我有點得意我的預感成真。」

「這是什麼意思？」姆米托魯問：「是指有不必要的事情即將發生了嗎？」

麝香鼠專心思索了一陣子，眉頭堆出皺紋。「你知道有尾巴的星星是什麼嗎？」

他終於開口。

「不知道。」姆米托魯說。

「是彗星。」麝香鼠說：「後面拖著火把似的尾巴，劃過黑暗星空的閃亮星星。」

「哇，真是太奇怪了！」姆米托魯大叫，他的眼珠害怕得變成深黑色，「它會來這裡嗎？」

「我還沒有深入思考這一點，」麝香鼠回答：「也許會，也許不會。對於一個曉得每件事都不必要的人來說，全是一樣的。」

姆米托魯抬頭望向平靜的灰色天空，想著它每天的樣子。「不管怎麼樣，我不喜歡它。」他低聲的自言自語：「一點都不喜歡。」

「我想我該睡了，」麝香鼠說：「去玩耍吧，孩子。趁還能玩的時候盡情享受。」

姆米托魯遲疑不前。「我再問一件事就好，」他說：「有沒有人稍微了解彗星的習性呢？有沒有人知道它會不會撞上地球？」

「這個嘛，寂寞山天文台的教授應該會知道。」麝香鼠說：「如果他們還有點學問，這就是他們應該明白的事情。請走開，讓我安靜一下吧！」

姆米托魯若有所思的離開了。

「麝香鼠說了什麼？」在角落等候的史尼夫問道：「祕密組織真的存在嗎？」

「不。」姆米托魯說。

「也沒有所謂的天空怪獸？」史尼夫焦慮的問：「沒有蠍子或大熊？」

「沒有，沒有，」姆米托魯說：「不要再擔心了。」

「那為什麼你看起來那麼嚴肅？」史尼夫問。

「我在思考。」姆米托魯說：「我想，我們何不來一場前所未有的遠征冒險呢？我們要前往寂寞山拜訪天文台，用全世界最大的望遠鏡來看星星。而且，越早出發越好。」

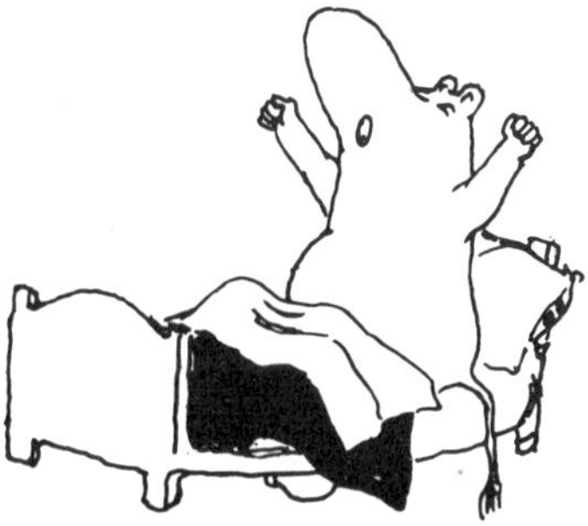

第三章

如何對付鱷魚

隔天，姆米托魯還沒完全清醒，骨子裡就感受到這將是特別的一天。他坐起身子，伸了個大大的懶腰，想起今天他就要和史尼夫展開大冒險。他跑到窗邊看看天氣，天空依舊陰暗，烏雲低掛在山崗，花園裡一片落葉也沒有。姆米托魯興奮得差點忘了對彗星的恐懼。

「我們會搞清楚這到底是什麼東西，並且阻止它來這裡。」他心想：「不過，這件事我得保密，要是史尼夫知道，他會害怕得什麼忙都幫不了。」他大聲叫喊：「小傢伙，快起床！現在我們要出發了。」

姆米媽媽很早就起床準備他們的背包，這會兒正忙著放進羊毛襪和打包三明治，姆米爸爸則在橋

邊檢查他們要乘坐的竹筏。

「親愛的媽媽，」姆米托魯說：「我們不可能全部都帶著。別人會笑的。」

「寂寞山很冷，」姆米媽媽說著，又在行李裡塞進了雨傘和平底鍋，「你帶指南針了沒？」

「帶了。」姆米托魯回答：「能不能拿出盤子呢？我們可以用大黃樹的葉子當餐盤。」

「我親愛的姆米寶寶，隨便你們。」姆米媽媽說完，將盤子從背包底部拿出來，「我想一切都準備好了。」她走到橋邊和他們道別。

竹筏揚起了風帆，準備出航，絲絨猴也前來向他們道再見，怕水的她沒有與他們同行。

麝香鼠並沒有出現。他不希望有任何事打斷他對於每件事的多餘沉思，之前姆米托魯和史尼夫把梳子放在他床上，已經讓他困擾不已。

「別忘了要沿著河的右邊航行，」姆米爸爸說：「我陪你們一起去也可以喔！」

他想起自己年輕時和溜溜的冒險，忍不住期待的說。

史尼夫和姆米托魯一一擁抱每個人。纜繩解開後，竹筏便開始在河上航行。

「別忘了幫我向所有家庭小精靈的親戚問好！」姆米媽媽喊道：「你知道的，就是那些圓滾滾的小爆炸頭。還有，天冷時記得穿上羊毛褲！治肚子痛的藥粉放在背包的左邊口袋！」

然而，竹筏已經漂浮到最近的彎道，他們前方展開了一片未知、荒蕪又迷人的旅程。

時間來到了傍晚，鏽紅色的船帆鬆垮垮的掛著，林蔭夾岸中的河流呈銀灰色。四處聽不到鳥鳴，就連平常從早到晚響個不停的燕雀浮躁叫聲，此時也消失無蹤。

「整天下來，連個冒險也沒有。」史尼夫說，現在的水流比較平緩，輪到他來駕駛，「只看到灰色河岸、灰色河岸，又是灰色河岸，一點兒有趣的事都沒有。」

「我覺得光是在蜿蜒的河上航行就夠刺激了，」姆米托魯說：「你永遠不知道下一個轉彎會遇到什麼。你一直想冒險，史尼夫，可是真的遇到危險時，你又害怕得不知道該怎麼辦。」

「這個嘛，我又不是獅子，」史尼夫抱怨：「我喜歡小小的冒險，適合我的大小就行了。」

竹筏緩慢的繞過河岸。

「這裡剛好有個適合你的小冒險。」姆米托魯指著前方說道。在他們正前方的沙岸上，有一大堆粗重的灰色圓木，它們排列成祕密圖案：拖著尾巴的星星！

「又來了！」史尼夫大叫。

突然間，木頭長出了腳，開始移動，接著整堆的木頭都靜靜滑入水裡。

「是鱷魚！」姆米托魯尖叫著衝上前掌舵，「希望牠們不會追上來！」

河裡似乎擠滿了怪獸，牠們的眼睛在水面上閃爍著慘綠色的光芒，還有更多恐怖的暗灰軀體一一從泥岸滑進水中。

史尼夫害怕的僵直坐著，只有在鱷魚的鼻子湊過來時，才勉強自己拿起船槳瘋狂擊打牠們的頭。

這真是恐怖的一刻。鱷魚的尾巴大力拍打水面，長滿鋒利牙齒的血盆大口憤怒的猛咬，竹筏驚險的上下晃動。

姆米托魯和史尼夫緊緊抓住船桅，大聲呼救。幸好，這時候開始起風了，竹筏開始向前航行。鱷魚張著殘暴的大嘴，成排跟隨在後。

史尼夫雙手摀著臉，姆米托魯更是害怕得不知所措，只是一味的從背包裡拉出羊毛褲，丟向追捕著他們的鱷魚。

這個舉動立刻讓鱷魚分心了。牠們爭先恐後的撕扯著褲子，等到褲子全裂成碎片時，史尼夫和姆米托魯早已航行到好幾公里之外。

「哇！真是太恐怖了！」姆米托魯大叫：「你滿意這次的冒險嗎？」

「你明明也有尖叫啊！」史尼夫說。

「有嗎？」姆米托魯說：「我不記得了。還好媽媽幫我帶了那些羊毛褲。」

夜幕低垂於河面，他們靠上岸、停好船，在一棵大樹的樹根間生起了火，煎鬆餅當晚餐。鬆餅一煎好，兩人就迫不及待的徒手拿著吃。享用完晚餐之後，他們便爬進睡袋裡，等待夜晚降臨。

第四章

巧遇司那夫金、和巨蜥蜴的恐怖交戰

日子一天天過去，放眼望去盡是一片灰暗，但沒再下雨了。天空無盡的烏雲堆積成團，大地只好蟄伏等待。姆米托魯和史尼夫乘著竹筏，向東越航行越遠。他們不習慣沒有陽光的日子，因此變得憂傷又安靜。有時兩人玩撲克牌、寫詩或抓魚煮湯，而大部分的時間他們只是坐在那裡，看著經過的河岸。姆米托魯偶爾望著雲朵思考，想著如果他們分道揚鑣，他是否會看見彗星。可是，他們並沒有分開。他常常很想告訴史尼夫他們要找的是天上的那個大怪獸，又怕風險太大，這麼做只會讓史尼夫恐慌。

他們見到溜溜三次，那些白色的小生物總是焦躁不安的從一處流浪到另一處，毫無目標的追求著沒有人了解的東西。有一次他們是在陰影中涉水過河，還有兩次則是搭著小船經過。他們似乎比以前更焦急了，用很快的速度趕著路，但是他們聽不到也不說話，即使史尼夫和姆米托魯想跟他們打招呼也沒什麼用。

兩岸的景色漸漸不一樣了。白楊樹、棕櫚樹和橡樹消失，取而代之的是樹幹粗壯的深色樹木坐落在荒蕪的沙地上，遠方可以看到高聳入雲的黃灰色山峰。

「噢，天哪！」姆米托魯嘆息：「這條河到底有沒有盡頭啊？」

「我們要不要再玩一局撲克牌？」史尼夫建議。

姆米托魯搖頭：「我不想玩。」

「那麼，我來幫你算命，」史尼夫不死心的繼續問：「也許有幸運星守護著你。」

「謝了，」姆米托魯酸溜溜的說：「我的星星已經夠多了，有些有尾巴，有些沒尾巴。」

史尼夫重重的嘆了一口氣，便坐下來，鼻子埋入手掌之間，落寞的對著眼前的陌生景象發呆許久。突然間，他看到一個不尋常的東西，看起來像是上下顛倒的黃色甜筒。這是他們好幾個禮拜以來看到的第一個色彩鮮豔的物體，它垂掛在河邊，頂端還有個像旗幟的東西在飄揚。

姆米托魯和史尼夫接近時，兩人都很確定聽到了音樂聲，而且是令人精神振奮的音樂。他們興奮的拉長耳朵，慢慢划近。最後，他們看清楚那是一頂帳篷，於是高聲歡呼。

音樂聲停止，從帳篷裡走出的是司那夫金。他手裡拿著口琴，頭上的綠色帽子插了根羽毛，對著他們大叫：
「喂！那邊的船！喂！」
姆米托魯拉緊船舵，竹筏朝陸地轉向。
「把纜繩丟過來！」司那夫金喊著，急切的跳上跳下，「真沒想到！真是有趣！你們從大老遠跑來，專程來拜訪我！」
「這個嘛，我們並不是專程來拜訪你。」姆米托魯說著，一面爬上岸。
「無所謂！」司那夫金回

答：「重要的是，你們來了。你們會在這裡過夜，對不對？」

「榮幸之至，」姆米托魯說：「自從我們離家後，已經好一段時間沒遇過任何人了。你怎麼會住在這荒野之中呢？」

「我是個流浪者，到處都是我的家。」司那夫金回答：「我四處流浪，發現喜歡的地方就搭起帳篷，吹我的口琴。」

「你喜歡這地方？」史尼夫看著四周的荒涼景象，驚訝的問。

「當然喜歡，」司那夫金說：「看那棵黑天鵝絨樹和後方美麗的灰色，還有遠方深紫紅色的山脈！有時還會有巨大的藍色水牛來河邊照鏡子。」

「你不會剛好是，嗯……畫家吧？」姆米托魯不好意思的問。

「或者是詩人？」史尼夫跟著說。

「我什麼都是！」司那夫金放下熱水壺說：「我看得出來你們是發現者。你們想要發現什麼呢？」

姆米托魯清清喉嚨，感到非常驕傲。「什麼都找，」他說：「例如，星星！」

司那夫金肅然起敬。

「星星！」他大叫：「那我一定要跟你們一起去。星星是我最喜歡的事物。我睡覺前總會躺著看星空，思索著誰住在上面，以及如何到上頭去。繁星眨眼的天空看起來特別友善。」

「我們要找的星星並不怎麼友善，」姆米托魯說：「事實上，還正好相反。」

「你說什麼？」史尼夫說。

姆米托魯的臉有點脹紅。「我的意思是，泛指一般的星星，」他說：「大星星與小星星，友善和不友善的都有。」

「有不友善的星星嗎？」司那夫金問。

「有，拖著尾巴的那種，」姆米托魯說：「彗星。」

史尼夫終於聽懂了。「你對我有所隱瞞！」他指

責道：「我們到處看到的那種圖案，你還說沒有任何意思！」

「你還太小了，不能什麼都跟你說。」姆米托魯回答。

「太小！」史尼夫尖叫：「我得說，你邀我一起來探險，又不說清楚我該探索什麼，可真是好心啊！」

「不要太介意，」司那夫金說：「坐下，姆米托魯，告訴我們是怎麼一回事。」

姆米托魯接過司那夫金遞給他的咖啡杯，坐了下來，並開始把麝香鼠說的每一件事情都告訴他們。

「然後，我問爸爸彗星危不危險，」他繼續說：「爸爸說它們的確危險。它們拖著火焰般的尾巴，發瘋似的在黑暗空無的太空裡四處衝撞。其他星星都像火車沿鐵軌行進一樣，遵行固定的路線，但是彗星東奔西撞，出其不意，而且神出鬼沒。」

「像我一樣，」司那夫金笑著說：「它們一定是天空流浪者！」

姆米托魯不以為然的看著他。「這一點都不好笑，」他說：「如果彗星撞上地球，會是很可怕的事情。」

「會怎麼樣呢？」史尼夫小聲的說。

「萬物都會爆炸。」姆米托魯沉重的說。

頓時一片安靜。

接著，司那夫金緩慢的說：「如果地球爆炸，那就太糟糕了。它是那麼的美麗。」

「那我們會怎樣呢？」史尼夫說。

姆米托魯將心中的祕密與人分享之後，感到勇敢多了。他從容不迫的說：「所以我們才要去寂寞山的天文台，他們有全世界最大的望遠鏡，我們應該能弄清楚彗星到底會不會撞上地球。」

「帶著我的旗子一起去，怎麼樣？」司那夫金建議：「我們可以掛在竹筏的船桅上。」

他們看著他的旗子。「上面的藍色是天空，」他繼續說：「下面的藍色是海洋。中間的線條是道路，左邊的黑點是現在的我，右邊的黑點則是未來的我。你們同意嗎？」

「這真是再完美不過的旗子了，」姆米托魯說：「我們同意！」

「可是，我不在旗子裡面。」史尼夫說。

「左邊的黑點可以代表我們大家，從很高的地方往下看的樣子。」司那夫金安慰道：「現在，我想我們在晚餐前還可以再探查一下。」

於是他們出發，小心的在岩石和荊棘之間攀爬。

「我只是想要帶你們去看一個藏有石榴石的岩縫，」司那夫金說：「現在光線不好，看不出它原來美麗的模樣，但是當太陽照進來的時候，你們會看到石頭閃閃發光。」

「它們真的是石榴石嗎？」史尼夫問。

「我不確定，」司那夫金回答：「反正它們很漂亮就對了。」

他帶領他們越過一道荒野溝壑，昏暗的暮色之中，大地一片寂靜荒涼，他們低聲說話。突然間，司那夫金停住腳步。「那裡。」他輕聲說。

他們蹲下身子，在又深又窄的岩縫底部，無數的石榴石在黑暗中閃著微光，讓姆米托魯想到了天空之外的黑色太空之中，成千上萬顆彗星在閃爍。

「噢！」史尼夫低聲說：「太棒了！那些是你的嗎？」

「只要我還住在這裡，它們就屬於我。」司那夫金漫不經心的說：「凡是我看過的，我就是它們的主宰。我擁有整個

地球。」

「你可以分給我一點嗎？」史尼夫殷切的問：「我也許可以用它們來買艘遊艇或一雙溜冰鞋。」

司那夫金笑著告訴他盡量取用，史尼夫立刻跳進岩縫，開始往下爬。史尼夫刮傷了鼻子，差點失去重心，不過一想到石榴石，馬上又有了力量。最後，他發出深深嘆息，舉起微微顫抖的雙手，撿拾這些發光的石頭。石頭堆得越來越高，他欣喜若狂的奔跑，往岩縫裡面越跑越遠。

「嘿！」司那夫金在上頭叫著：「你要上來了嗎？天氣越來越冷，就要降露水了。」

「再一下子，」史尼夫大聲回答：「這裡還有好多……」他的音量漸漸減弱，因為他看到兩顆像

眼睛一樣的巨型紅色石榴石，在黑暗的岩縫深處閃爍著光芒。

突然間，史尼夫嚇壞了。那是真的眼睛，而且還眨動著朝他逼近！隱藏在雙眼之後的可怕身軀陰森森的爬行在石頭上，摩擦出刺耳的聲音。

史尼夫歇斯底里的大叫，發狂的跑回他爬下來的地方。他攀爬時全身止不住發抖，雙手因害怕而濕透，底下還隱約傳來可怕的嘶嘶聲。

「怎麼了？」姆米托魯喊道，他聽到史尼夫準備爬上來的聲響，「為什麼那麼著急？」

史尼夫沒有回答，只是一直爬著。等到他們終於在洞口拉他上來時，他才筋疲力盡的倒下來。

姆米托魯和司那夫金從岩縫洞口往下看，眼前出現足以嚇壞所有人的景象：一隻巨大蜥蜴正盤據在一堆閃亮的石榴石上，彷彿凶猛巨龍正守護著璀璨的珠寶。

「啊，真是太恐怖了！」姆米托魯大叫。

史尼夫癱軟在地上哭泣。

「沒事了，」司那夫金說：「史尼夫，別哭了。」

「那些石榴石，」史尼夫悲傷的說：「我一個都沒拿到。」

司那夫金在他身邊坐下，溫柔的說：「我知道。但當你開始想要擁有的時候，就會這樣。我只是欣賞它們，我離開時它們還在我腦中。這樣一來，我的雙手便一直都空閒著，因為我也不需要提行李。」

「我原本打算把那些石榴石放在背包裡的，」史尼夫難過的說：「不需要用手捧著。這和只看不拿

不同。我想要觸摸它們，確定它們屬於我。」

「算了，史尼夫。我們一定會再找到更多寶藏的，」姆米托魯安慰他：「打起精神，繼續趕路吧。這裡變冷了，令人毛骨悚然。」

他們沿著越來越漆黑的溝壑往回走，就像三隻柔弱的小動物，每個人都心事重重。

第五章

地下河和救命恩人亨姆廉

司那夫金為探險行程注入歡樂。他用口琴演奏來自世界各個角落的曲子，姆米托魯和史尼夫連聽都沒聽過。他玩紙牌把戲，教他們怎麼做無花果煎餅，還說了許多奇怪又美妙的冒險。河流似乎也更加生氣蓬勃，河面變得窄小，水流快速強勁，在岸坡之間的暗礁圓石中形成漩渦。

藍色和紫色的山巒一天比一天接近，它們宏偉高聳，有時山峰竟消失在重重雲團當中。

一天早上，司那夫金懸著雙腳坐在河邊，正在幫自己雕刻哨子。「我記得……」他歪斜著頭開始講話，姆米托魯和史尼夫立刻豎起耳朵，「我記得那個有溫泉的地方，大地底下是岩漿，而岩漿下方不斷隆隆作響。或許是地球睡覺時翻身了，總之到處都是亂石和上升的蒸氣，萬物顯得奇怪又不真實。我是傍晚到達那兒的，晚餐很快就煮好了，因為只要把平底鍋放在溫泉上就行。所有東西都沸騰得冒泡，到處蒸氣騰騰，我看不到任何生物，連根草都找不到。」

「你有沒有燙到腳？」史尼夫問。

「我踩高蹺。」司那夫金回答：「它們很適合爬山，如果沒有它們，我不知道如果沉睡的地球突然甦醒，我該怎麼辦！突然一陣巨響，山坑在我眼前爆發，噴出紅色火焰和龐大的灰雲。」

「是火山！」姆米托魯倒抽一口氣，屏息以待。

「是的。」司那夫金說：「真是太可怕了，但也很美麗。接著，我看到許多火精靈，他們像火花一樣從地底蜂擁飛出。當然，我得迂迴的繞過火山，而且到處都燙得不得了，我只能踩著高蹺，盡量走快一點。下山的途中，我看到一條小溪，溪水並沒有沸騰，於是我趴下來喝點水。此時一隻火精靈衝過來，掉進水裡，他幾乎要熄滅了，但總算還剩一點力氣向我求救。」

「你救了他嗎？」史尼夫問。

「噢，是的。我不討厭火精靈，」司那夫金說：「不過，你們知道，我碰到他時也燙傷了我自己。等到他回到乾燥的土地後，很快又重新燃燒起來，回復到正常狀態。他很感激我救了他一命，飛走前還送我禮物。」

「什麼禮物？」史尼夫興奮的問道。

「一瓶地下太陽油，」司那夫金回答：「火精靈前往地心熔爐時，都會全身塗上這個。」

「有了這瓶油，就可以穿越火焰嗎？」史尼夫驚訝得睜大雙眼問道。

「當然可以。」司那夫金答。

「你之前為什麼不說？」姆米托魯叫道：

「我們都得救了。彗星來的時候，我們只要……」

「可是，已經沒剩多少了，」司那夫金傷心的說：「我在幾次旅行沙漠時用掉了大部分，還有一次房子失火，我用來拯救家當。我不知道……瓶子裡只剩幾滴而已。」

「也許夠一隻小動物使用，像是我這樣的大小？」史尼夫說。

司那夫金看著他。「也許吧！」他說：「但你的尾巴就塗不到了，你得犧牲它。」

「救命！」史尼夫呼喊：「那我寧願一開始就被燒焦。」

可惜司那夫金並沒有聽到。他坐在原地，皺著眉頭看向河流。「你們聽，」他說：「你們有沒有注意到任何異常？」

「河流出現了新的聲音。」史尼夫說。

他說得沒錯，河水傳出恐怖的吼叫聲。水流在岩岸之間不停的迴旋翻騰。

「準備好船。」司那夫金下完命令，走到前方巡視。河水比往常更加猛烈的狂奔，就像一個長途旅行的人，突然發現快趕不上回家吃晚餐似的。險灘出現在他們面前，冒著白沫的河水急遽湧入更狹窄的河道，四周突出的岩石也更高聳、更險峻了。

「上岸會不會比較好？」史尼夫使盡力氣，用壓過水聲的音量大喊。

「太遲了，」姆米托魯也高喊：「我們得繼續航行到比較平靜的河道。」

但河水並未平靜下來。它湍急的衝向寂寞山，兩岸潮濕的黑色山壁越來越逼近，天際也越來越窄小。

前方出現了險惡的騷動。「我們要掉下去啦！」司那夫金大叫：「抓緊！」

他們緊緊抓住船桅，閉起眼睛。接著是一陣碰撞、呼嘯、水花四濺……然後，全部歸於平靜。他們順利通過瀑布了。

「哇，真是太恐怖了！」姆米托魯大喊。

四周相當幽暗，只看得見斑斑點點的白綠色泡沫，等到他們的眼睛適應黑暗後，才發現自己完全被山壁籠罩著——他們在隧道裡！

延伸至前方的隧道越來越小，像是噩夢一樣，儘管水流已經不再湍急，但這會兒周遭又太黑暗了。

「這不是我的計畫，」姆米托魯說：「我們似乎離地心越來越近，我們應該要去山上的。」

他們認清現狀，憂傷的坐著，不發一語。這時，司那夫金說：「這種情況可以寫成一首詩，你們聽聽看：

漂浮在這惡水裡，
無法腳踏實地。」

「看到美人魚，無法抓住她。」史尼夫接話，擤了擤鼻子。

「那不是事實，又不合文法，也沒有押韻。」司那夫金說完，便停止這個話題。

隧道轉了一、兩次彎以後，變得更窄更黑了，竹筏偶爾還會撞上山壁。他們抱著背包等待著。竹筏再度撞到岩壁，這一次，船桅撞斷了。

「司那夫金，」姆米托魯用非常微弱的聲音說：「你知道這代表什麼，對不對？」

隧道頂部越來越低，也可能是水面漸漸上漲，總之，整個隧道很快就要淹沒了。

「丟掉桅杆！」司那夫金抓著他珍貴的旗子大叫：「它已經沒有用了。」

又經過另一段冗長且寂靜的等待。

光線照了進來，他們可以看見彼此蒼白的臉頰。

史尼夫突然大叫：「噢！我的耳朵碰到屋頂了！」接著便歇斯底里的尖叫。

「如果我們再也回不了家，」姆米托魯說：「媽媽會怎麼說呢？」

就在這個時候，竹筏忽然重重一撞，停了下來，他們三人全撞在一起。

「我們擱淺了。」史尼夫大叫。

司那夫金靠在船邊查看。

「是桅杆擋住我們，」他說：「它卡在隧道裡。」

「你看我們躲過了什麼？」姆米托魯用顫抖的聲音說。

河流就在他們前方流入黑洞，直達地心！

「我這趟旅程的冒險已經夠了，」史尼夫哀怨的說：「我想回家！我想我們一輩子都得坐在這裡玩撲克牌……」

「你這愚蠢的小東西，」司那夫金說：「奇蹟都來拯救我們了，你還在抱怨，看那裡！」

史尼夫向上看，頂上岩石有個裂縫，可以看到一小片陰暗的天空。

「這個嘛！我又不是小鳥，」他沮喪的說：「而且我小時候耳朵感染，有暈眩的毛病。我要怎麼上去呢？」

司那夫金拿出他的口琴，吹奏起輕快的冒險歌曲，那是一首大小合宜的冒險之歌，內容也很精采，包含救援、驚喜和陽光。姆米托魯不會唱歌，但口哨吹得很好聽，他開始用口哨演奏副歌。最後，史尼夫也用假高音加入和聲，雖然有點走音，但還算精神抖擻。他們的歌聲在隧道裡迴旋，穿越上方的裂縫，喚醒了在上面睡覺的亨姆廉，他的捕蝶網放在旁邊。

「這是什麼聲音？」亨姆廉嚇了一跳說。他看著他的採集瓶，裡面關著不少小生物，但昆蟲是不會出聲的。

聲音直接來自地下。

「太奇怪了！」亨姆廉說完便趴下來聆聽，「一定是某種稀有毛毛蟲發出的聲音。我得找到牠。」

於是，他開始在地上爬行，用他的大鼻子到處嗅聞，最後來到一個地洞，發現這裡的音量最大。他努力伸長鼻子，但黑暗中什麼也看不見。不過，底下的人倒是透過光線看到他的影子，他們顧不得唱歌了，趕緊拚命大叫。

「那些毛毛蟲一定是瘋了。」亨姆廉自言自語著，將網子伸進洞裡。

姆米托魯一行人當然一刻也不耽擱，立刻拿著行李跳進網子裡，亨姆廉拉起沉重的網子，驚訝的看見三個奇怪的生物在日光下眨著眼睛。「太不尋常了！」他評斷。

「非常感謝你。」姆米托魯說，他第一個鎮定下來，「你在最危急的時候救了我們。」

「我救了你們嗎？」亨姆廉驚訝的問：「我不是有心的。我要找的是在下面發出聲音的毛毛蟲。」亨姆廉通常領悟得比較慢，但如果你不招惹他們，他們是很和善的族群。

「我們抵達寂寞山了嗎？」史尼夫問。

「我不清楚，」亨姆廉說：「不過這裡有很多有趣的飛蛾。」

「我認為這裡一定是寂寞山。」司那夫金說，他注視著四周巨大無比的岩石，它們無窮無盡的延伸，四周荒蕪淒涼又寂靜無聲，而且空氣冷冽。

「那天文台在哪裡呢？」史尼夫問。

「我們要去尋找天文台，」姆米托魯說：「我相信它坐落在最高的山峰上。可是，我想先喝點咖啡。」

「水壺還留在竹筏上。」司那夫金說。

姆米托魯熱愛喝咖啡，他馬上衝到洞口，往下一看。

「噢！」他悲傷的嘆息道，「竹筏漂走了，我想它已經掉進了那個可怕的地洞。」

「啊！沒關係啦。我們又不在上面，」司那夫金愉快的說：「水壺有什麼重要，我們要找的是彗星！」

「牠們很稀有嗎？」亨姆廉以為他們還在討論飛蛾，便這麼問道。

「噢，是的。我想你可以說它們很稀有，」司那夫金回答：「它們幾百年才出現一次。」

「不！」亨姆廉大叫：「那我一定要抓到一隻。牠長什麼樣子？」

「可能是紅色的。還有條長長的尾巴。」司那夫金答。

亨姆廉拿出筆記本，照著畫了下來。「牠一定是司那夫西甲龍尼卡科。」他認真的說：「再問一個問題，我博學的朋友們，這個特別的昆蟲吃什麼維生？」

「它們專吃亨姆廉。」史尼夫笑著說。

亨姆廉立刻脹紅臉。「小傢伙，」他生氣的說：「這不好笑，我要走了。我強烈質疑你們的科學知識。」說完，他把採集瓶放進口袋，拿起捕蝶網，拖著笨重的

腳步離開了。

亨姆廉前腳才離開，史尼夫就笑得更大聲。「太好笑了！」他再也憋不住的說：「那老傢伙還以為我們在講金龜子什麼的。」

「這樣不尊敬老先生是不對的。」姆米托魯繃著臉說，不過也努力憋住不笑。

時間越來越晚了，他們選定最高的一座山，便朝它前進。

第六章

老鷹突襲和尋找天文台

夜幕低垂，古老的山峰高聳深入天際，沉睡的峰頂消失在雲靄中，雲靄又迴旋成黑白氣團，橫阻在深坑與山谷之間。突然間，氣團散去，山壁上又顯現不祥之兆，不知道是誰在山壁上刻了彗星的圖案。

山巔下方有一個小小的光點，如果走近一看就會發現，那是一頂裡面點了燈的黃色帳篷。帳篷裡傳出司那夫金的口琴聲，但在這片荒蕪大地中，這樂聲顯得異常奇怪，甚至還引來一隻土狼遠遠駐足。牠揚起鼻子，用最悲切的語調跟著哭嚎。

帳篷中的這行人裡，有一個人驚慌得不知所措。「那是什麼聲音？」史尼夫緊張的問。

「沒什麼好擔心的，」司那夫金安慰他：「聽好，我來講故事怎麼樣？我有沒有告訴過你們，我幾個月前遇到的那些司諾克？」

「沒有，」姆米托魯急切的說：「司諾克是什麼？」

「你真的不知道司諾克是什麼嗎？」司那夫金驚訝的說：「我認為他們和你們鐵定是同一個家族。他們看起來就像姆米，只不過顏色不一定是白色。他們可以是世界

上任何一種顏色，就像復活節彩蛋一樣，每當他們沮喪時，身體就會變色。」

姆米托魯顯得相當生氣。「夠了！」他說：「我從來沒聽過我們家族另有分支。真正的姆米都是白色的。什麼變色！真是有趣！」

「反正，這些司諾克長得很像你就對了，」司那夫金平靜的說：「有一個是淡綠色，還有一個是淡紫色。我逃獄那次遇到他們……也許你不想聽這個故事？」

「噢，不是的！我們真的想聽。」史尼夫尖聲說，但姆米托魯只是低聲抱怨。

「這個嘛！是這樣的，」司那夫金說：「我摘了甜瓜準備當晚餐。整座瓜田結實累累，我以為多一顆或少一顆不會有差別。可是正當我準備咬下第一口時，一個骯髒醜陋的老人從附近的房子走出來，開始對我咆哮。我聽了一會兒，開始納悶聽那麼多髒話對我有何好處。於是，我把又大又重的甜瓜放在前方的路上滾著，一面還得吹著口哨，才不用聽到老人在罵什麼。後來，他大聲說警察會來抓我，我發出輕蔑的聲音，表示我一點都不怕警察。」

「你怎麼敢這樣做？」史尼夫打從心底佩服的低語。

「我其實是無法思考，」司那夫金說：「可是，你們聽好了！那個醜陋的老傢伙就是警察！他衝回屋裡穿上制服，開始追著我跑。我不停的奔跑，甜瓜也跟著一直滾，後來甚至跑得太快，根本分不清哪個是甜瓜，哪個是我。」

「我猜，那就是你入獄的原因？」姆米托魯說：「你就是在那裡遇見那些生物，你說他們是司諾克，是嗎？」

「別打岔！」司那夫金說：「我正要告訴你們牢房裡有多冰冷恐怖，到處都是蜘蛛和老鼠。我是在牢房外頭遇到司諾克的，我在沒有月光的夜晚逃獄成功。」

「你是用床單當繩索，從窗戶爬下去的嗎？」史尼夫問。

「不是，我是用開罐器挖地洞逃出去，」司那夫金說：「有兩次我太早鑽出地面：一次就在警衛後方鑽出來，另一次則還在監獄圍牆裡。可是，我回頭繼續挖，第三次終於從田裡出來。只可惜這一次是鬱金香花田，而不是瓜田。司諾克和他妹妹就在附近的溪裡用尾巴釣米諾魚。」

「我絕不會想到用尾巴釣魚，」姆米托魯說：「應該要尊敬自己的尾巴。後來怎麼了？」

「噢！我們盡情享用米諾魚，暢飲櫻草酒，為我的逃獄成功歡慶了好幾個小時。」司那夫金回答：「淡綠色的司諾克小姐真是漂亮！她有一雙水汪汪的藍色眼睛，全身覆蓋著美麗柔軟的絨毛。她會用青草編織草蓆，如果你肚子痛，她還會燉煮草藥。她的耳際總是戴著一朵花，還有個小金環套在腳踝上。」

「哼！女孩子！」姆米托魯不以為然的說：「這是個無聊的故事。有沒有發生什麼刺激的事情？」

「我從監獄逃出來還不夠刺激嗎？」司那夫金說完，便繼續吹奏他的口琴。

姆米托魯悶哼一聲，便鑽進睡袋，把鼻子對著牆。

然而，當天晚上他夢到了和他長得很像的司諾克小姐，他還送給她一朵玫瑰花，讓她放在耳際。

早上他醒來時，自言自語的說：「真是可笑。」

其他兩人已經在收拾帳篷了，司那夫金宣布，他們今天就會到達最高的山峰。

「可是，你怎麼知道天文台就在那座山峰上呢？」史尼夫問，伸長脖子想要看山頂。可惜山頂藏在雲靄裡，誰也看不到。

「這個嘛，」司那夫金回答：「只要看地上就知道，這附近都是菸蒂，顯然是粗心的科學家從窗戶丟出來的。」

「原來如此。」史尼夫說，表情看起來有點沮喪。他希望自己能早一點注意到菸蒂。

他們開始跋涉曲折的山路，為了安全起見，還互相用繩索綁住身體。

「別忘了我警告過你們，」走在最後的史尼夫叫著：「如果遭遇可怕的事情，不要怪我。」

他們越爬越高，山坡也越來越陡。

「呼！」姆米托魯抹去眉毛上的汗水，「媽媽還說這裡很冷。還好鱷魚把那些羊毛褲都撕爛了！」

他們停下腳步，低頭往山谷瞧。此刻，三個人身處在宏偉空無的山坡上，覺得自己非常的孤獨渺小。唯一可見的生物，就是遠遠在他們上方振翅盤繞的老鷹。

「真是一隻巨大的鳥兒！」史尼夫驚呼：「他獨自住在這裡，我真為他難過。」

「我想老鷹太太一定在附近，也許還有幾隻雛鳥。」司那夫金說。

老鷹一直在他們頭上盤旋，左右轉頭，露出銳利的雙眼和堅硬的鳥嘴，突然間，他看準目標，振翅衝出。

「不知道他現在要去哪裡？」史尼夫說。

「我不喜歡他的眼神。」姆米托魯焦慮的說。

「也許……」司那夫金才剛開口，話還沒講完，就瘋狂的大叫：「小心！他俯衝過來了！」

三人全都擠到山壁，急著找地方躲起來。

老鷹朝他們猛撲而來，而他們只能擠進岩縫裡，害怕無助的緊抓著彼此。老鷹已經在他們頭上了。

一切就如一陣旋風。前一刻他們還被瘋狂拍打岩石的巨型翅膀包圍，下一刻卻突然完全寂靜。

三人渾身發抖，從藏身處往外看，老鷹正在他們下方迴旋大半圈，沒多久便爬升而上，消失在山峰裡。

「他沒抓到我們，覺得很丟臉，」司那夫金說：「老鷹是很驕傲的。他不會再度嘗試。」

史尼夫伸出手指數著。「鱷魚、巨蜥、瀑布、地下隧道和老鷹，總共五次可怕的經驗。已經開始有點無趣了！」

「最大的冒險還沒來呢！」姆米托魯說：「還有彗星。」

他們抬頭看著厚重的烏雲。

「真希望我們看得見天空，」他焦慮的繼續

說：「來吧，出發了！」

到了下午，他們已經爬到很高的地方，伸手可以觸及雲靄。道路變得濕滑又危險，潮濕的霧氣像薄紗一樣籠罩著他們。他們全都冷得不得了，姆米托魯特別想念他的羊毛褲，四周一片空無得可怕。

「我一直以為雲的觸感柔軟如羊毛，在上面會很舒服。」史尼夫打了個噴嚏說：「噁！我開始後悔來探險了。」

突然間，姆米托魯站住不動。

「等一下！」他說：「有個閃閃發亮的東西。那是一道光……還是鑽石……」

「鑽石！」喜愛珠寶的史尼夫興奮的大叫。姆米

托魯向前爬去，拖著用繩索綁在一起的另外兩人，「是一條小金環。」答案揭曉。

「小心！」司那夫金喊著：「那是懸崖邊！」可是姆米托魯沒聽見。他慢慢向崖邊爬去，往下伸長手想要拿金環。司那夫金和史尼夫拉緊繩子，姆米托魯再往下搆，終於拿到了。

「你覺得，這會不會是司諾克小姐的？」他問。

「沒錯，這正是她的。」司那夫金說完，嘆了一口氣，「看來她墜崖了。真可惜，她年紀輕輕又那麼漂亮。」

姆米托魯難過得說不出話來，大夥兒心情沉重的繼續趕路。

白霧開始散去，氣溫也變得比較暖和。他們來到

一個岩架，稍作休息，不發一語的看著包圍他們的灰色水氣。突然間，灰煙退去，三位疲憊不堪的旅人終於看清楚自己身在何處，眼前的景象讓他們忍不住停止呼吸！他們腳下是一片雲海，看起來如此柔軟美麗，忍不住想要跳上去優游舞蹈。

「我們來到雲端上面了。」司那夫金嚴肅的說。他們轉頭，往上看著隱藏已久的天空。

「你們看！」史尼夫驚嚇的呢喃著。天空不再是藍色的，而是淡紅色！

「也許那是晚霞。」司那夫金遲疑的說。

可是姆米托魯表情凝重的說：「不，是彗星，它朝著地球過來了。」

在他們上方高低起伏的山峰最頂端，天文台坐落在那裡。裡面的科學家進行了數千種卓越的觀察，吸了數千根香菸，每天與星星為伍。

他們安靜的來到天文台，姆米托魯推開門，裡面是一道樓梯。他們沿著階梯向上爬，來到一間玻璃屋頂的挑高房間，地板中央有一台巨型望遠鏡正在緩慢轉動，不斷監視著天空，還持續傳出機器運轉的聲音。兩位教授正四處奔忙，上緊螺絲，推動把手，不停寫下筆記。

姆米托魯禮貌性的先咳了一聲。「午安！」他說。可是科學家根本沒聽到。

「天氣真好！」姆米托魯拉高音量，還是無人回應。他不得不走向前，膽怯的碰觸了其中一位教授的手臂。

「先生，我們走了幾百公里來找你們。」他說。

「什麼！又是你！」教授喊著。

「不好意思，」姆米托魯說：「我是第一次造訪這裡。」

「要不就是和你長得很像的一群人，」教授嘀咕：「來了一堆人……我們沒有時間，你知道，就是沒空。這彗星是近九十三年以來最有趣的事情。你想要做什麼？快點說！」

「我只想、只想知道……那些來過的人，」姆米托魯結巴的說：「我想應該不是嬌小的淺綠色司諾克小姐吧……渾身軟毛……也許耳際還有一朵花……」

「你的說明完全不科學，」教授沒耐心的說：「這些我都不知道，我只知道有個煩人的女性纏問我有沒有看到她掉落的小飾品。你走吧！你已經浪費了我四十四秒了！」

姆米托魯緊張的退到門外。

「怎麼樣？」史尼夫說：「彗星要來了嗎？」

「什麼時候會掉下來？」司那夫金問。

「噢！我忘記問了，」姆米托魯脹紅著臉小聲的說：「不過，嬌小的司諾

克小姐來、來過……她還活著。她沒有墜崖！」

「嗯，我就說嘛！」司那夫金大嚷。

「我真搞不懂你，」史尼夫說：「我以為你不喜歡女生。換我進去問。」他追上另外一位教授。「請問能不能讓我看一下您的望遠鏡？」他禮貌的問：「我對彗星很有興趣，我聽過許多你們美妙的發現。」

教授聽了很高興，把眼鏡推上額頭。「是嗎？」他說：「我的小朋友，那你一定要過來看看。」

教授幫史尼夫調整好望遠鏡，讓他自己觀看。史尼夫一開始非常害怕。天空很黑，巨大的星星眨著眼，彷彿具有生命一樣，遠方有個紅色的東西，像隻邪惡的眼睛。

「那就是彗星嗎？」他小聲說。

「是的。」教授說。

「可是，它一動也不動，」史尼夫困惑的說：「我也看不到它的尾巴。」

Tove

「它的尾巴在後面，」教授解釋：「它直直衝向地球，所以看不出來它在移動。不過，你每天都能看到它越來越大。」

「它什麼時候會到達？」史尼夫問道，驚異的盯著望遠鏡裡的小紅光。

「根據我的計算，它應該會在十月七號晚上八點四十二分撞上地球。或者會晚四秒鐘。」教授說。

「到時候會發生什麼事呢？」史尼夫問。

「會發生什麼事？」教授訝異的說：「這個嘛，我還沒想到這一點。可是，你可以放心，我會詳細記錄每一個細節。」

「您能不能告訴我今天幾號？」史尼夫問。

「今天是十月二號，」教授答：「現在是六點二十八分。」

「那麼，我想我們該走了，」史尼夫說：「真是非常感謝您的幫忙。」

他帶著很了不起的表情回到同伴身邊。

「我和那位教授進行了一段很有趣的對話，」他說：「我們的結論是，彗星會在十月七號晚上八點四十二分撞上地球。或者會晚四秒鐘。」

「那麼，我們得盡快趕回家，」姆米托魯焦急的說：「如果我們能趕在它來之前回到媽媽身邊，就不會有事了。她會知道該怎麼辦。」

三人離開了天文台，展開返家的長途旅程。

天色已晚，天際可怕的紅光更為強烈了。雲層全都散去，他們已經看得到遠方山谷裡狹窄又蜿蜒的河流，森林也若隱若現。

「我真希望快點離開這個遍地荒石的國度，」司那夫金說：「詩人也有受不了的時候。」

「不知道司諾克今晚在哪裡過夜，」姆米托魯說：「我必須把腳環還給那可憐的女孩。」於是他快速趕路，讓其他兩人在後面苦苦追趕。

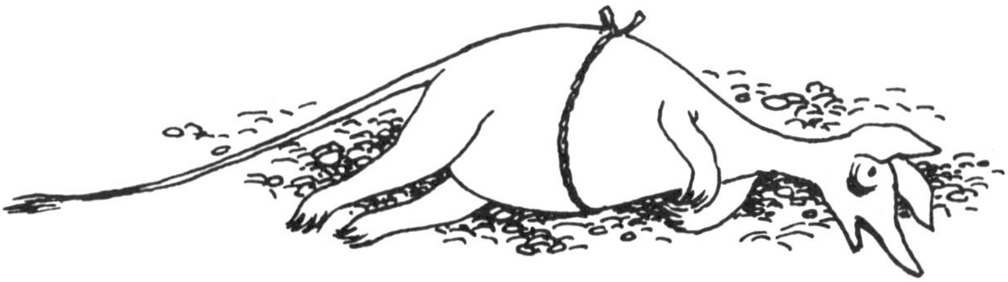

第七章

姆米托魯從毒樹叢救出
司諾克小姐、彗星現身天際

十月三日的凌晨，太陽緩緩從山巔上升，越過紅色天空時，上方出現一道奇怪的霧霾。他們前一天晚上沒有搭帳篷，一直都在趕路。

史尼夫一隻腳起了水泡，走路一跛一跛的。

「用另外一隻腳走路吧。」司那夫金說。不過，這並不是什麼有用的建議，最後，史尼夫再也受不了了。

「噢！」他呻吟道：「我都頭昏眼花了。」他躺在地上，不願再往前走。

「我們在趕時間，」姆米托魯說：「我必須盡快找到小司諾克……」

「我知道，我知道。」史尼夫打斷他：「你那可憐的司諾克小姐。但那和我無關。我很不舒服，恐怕要生病了。」

「我們可以等一下，對不對？」司那夫金說：「而且我知道這段時間我們可以做什麼。你們有沒有滾過石頭？」

「沒有。」姆米托魯說。

司那夫金先找了一堆大圓石。「你拿一個石頭，」他說：「像這樣。使出全力把它滾到懸崖下面，讓它快速落下。」他得意的說：「就像這樣！」

兩人一起走到崖邊，看著石頭落下。它直直的掉落到崖底，還夾帶著一大堆小石頭，久久之後，落地的回聲在高山之間來回作響。

「真是有趣！」姆米托魯大喊：「再滾一個！」於是兩人又滾了一個大圓石到崖邊，並小心的讓它保持平衡。

「喝！」司那夫金喊著：「預備，推！」

圓石轟隆隆的滾下去，可是，天哪！姆米托魯來不及後退，大家還搞不清情況時，他已經跌下懸崖，隨著大石頭一起掉下去。

要是他們沒有用繩索綁在一起，姆米托魯可能就此消失在這世界上。司那夫金立刻趴在地上，撐住這突如其來的震動。震動如此劇烈，司那夫金覺得自己好像要被扯裂成兩半。

姆米托魯在繩子的另一端左右搖晃，他體重太重了。

司那夫金慢慢將自己拉到崖邊。他後方的繩索被扯緊，綁在另一端的史尼夫也受

到大力拉扯。「住手！」他大喊：「放開我！我不舒服！」

「如果你不抓緊繩子，等一下你會更不舒服。」司那夫金說。

此時，姆米托魯的吼叫聲從下方傳來：「救命！拉我上來！」

史尼夫終於明白發生了什麼事，他嚇得忘了身體的不適，開始瘋狂的抵抗往下拉的繩索，把繩子緊纏在他身上和眼前所見的任何東西上，最後終於拉緊繩子，好讓司那夫金可以再爬回崖邊。

「我說『現在』的時候，你就用力拉，」他告訴史尼夫：「還沒，還沒，現在！」他們用盡全力，好不容易，姆米托魯終於出現在崖邊。先是他的耳朵，然後是眼睛，接著是鼻子，再來還是他的大鼻子，最後是整個身體。

「啊！真是太恐怖了！」他驚叫：「沒想到我還能活著見到你們。」

「要不是我，你就真的見不到我們了。」史尼夫得意的提醒他。司那夫金可疑的看了他一眼，沒有多說什麼，三人坐下來恢復體力。

「我們真傻。」姆米托魯突然開口。

「傻的是你們兩個。」史尼夫說。

「不折不扣的罪人。」姆米托魯沒注意到史尼夫說的話，自顧自的繼續說：「我們很可能會把石頭滾到嬌小的司諾克小姐頭上。」

「真是如此的話，她現在已經被壓扁了。」史尼夫無動於衷的說。

姆米托魯非常擔憂。「不管怎麼樣，我們現在得走了。」他灰心的說：「我們不該忘記彗星要來了。」

他們再度出發，穩著步伐下山，頭上黯淡的太陽還在淡紅色的天空勉強照耀著。

山腳下有一條清澈的小溪，砂質河床在岩石間蜿蜒。亨姆廉就坐在那裡，將疲累的雙腳浸泡在水裡，自憐的嘆息。他身旁有一本厚重的書，書名是《東半球蛾類百科：牠們的行為與不當行為研究》。

「太奇怪了！」他自言自語著：「沒有一種是有紅尾巴的。可能是狄德羅佛米亞阿胥姆波德科，可是這是很常見的蛾種，而且沒有尾巴。」他又嘆口氣。

此時，姆米托魯、司那夫金和史尼夫從岩石後方出現，齊聲說：「你好啊！」

「噢！你們嚇了我一跳！」亨姆廉倒抽一口氣，「是你們三個啊！我還以為又是山崩。今天早上真是太可怕了。」

「什麼事情可怕？」史尼夫問。

「當然是山崩啊！」亨姆廉回答：「非常可怕！房子大小的岩石像冰雹一樣滾落下來！我最好的一個玻璃瓶被砸破了，而我自己也得快跑躲開。」

「恐怕是我們經過的時候，不巧踢落了幾顆石頭，」司那夫金說：「下山時很容易發生這種事情。」

「你是說，是你們造成山崩的？」亨姆廉說。

「這個嘛，是的。可以這麼說。」司那夫金回答。

「我之前就覺得你們不怎麼樣，」亨姆廉緩慢的說：「現在更瞧不起你們了。事實上，我不想再和你們打交道了。」他說完便轉過身去，在疲倦的雙腿上潑了一點水。司那夫金一行人不知道該說什麼，只得保持沉默。過了一會兒，亨姆廉轉過頭來說：「你們還沒走啊？」

「我們正要離開。」姆米托魯說：「不過，在那之前，我覺得我有義務請教你，你是否注意到天空的顏色很奇怪？」

「天空的顏色？」亨姆廉無知的

問道。

「是的，」姆米托魯說：「我是這麼說的。」

「我為什麼要注意這個？」亨姆廉說：「就算它出現斑點，我也不管。我根本不看天空的。我擔心的是我美麗的山中小溪就要乾枯了。再這樣下去，我就不能泡腳了。」

於是他又轉身，自顧自的低聲抱怨。

「走吧，」姆米托魯說：「我認為他想要獨處。」

地面越來越柔軟難行，到處都是厚重的地衣和青苔，穿插幾朵害羞探頭的小花，他們下方的一大片黑暗森林看起來已經相當接近。

「我們要直接前往你們家，那個繁花盛開的山谷。」司那夫金說：「我們必須在彗星到達之前回到那裡。」

姆米托魯看著他的指南針。「我想這東西出了問題，」他說：「它像水面上的飛蟲一樣亂動。」

「都是彗星害的，我想。」史尼夫說。

「我們剛剛應該跟著太陽走，」司那夫金說：「不過，好像也沒什麼參考價值。」

再往下走一會兒，他們來到一個小湖邊，降低的湖面已經直逼岩石密布的湖底，暴露出陡峭的湖岸，他們根本無法下水游泳。湖面上方露出一圈雜草和燈心草，而且還是濕的。

「奇怪，」司那夫金皺著眉頭說：「水下降的速度那麼快。」

「湖底一定有個洞，」史尼夫說：「水從大洞漏下去了。」

「亨姆廉的小溪的水也漏光了。」姆米托魯說。

史尼夫緊張的查看他們裝檸檬汁的瓶子，還好，檸檬汁似乎沒有減少。

「我搞不懂。」他說。

「算了，史尼夫，」姆米托魯說：「也許不懂比較好。走吧！」

就在這個時候，他們聽到有人大喊救命。

聲音是從前方的樹林裡傳來，他們全速奔跑去救人。

「好了！」司那夫金大叫：「我們來了！」

「不要跑那麼快！」史尼夫喘著氣，然後「噢！」一聲的跌倒了。他鼻子落地，就這樣一路被綁著三人的繩子拖著前進。另外兩個人還繼續跑著，直到繩子纏住樹幹，他們也撞到鼻子。

「該死的繩子！」姆米托魯生氣的說。

史尼夫嚇一跳。「噢！」他吸一口氣說：「你罵了髒話！」

姆米托魯不理會他，拿出小刀切斷繩子，自言自語說著肯定是司諾克小姐喊救命。他一掙脫繩子，就抬起他的短腿，用最快的速度衝出去。

下一分鐘，司諾克氣喘吁吁的出現了，嚇得全身發綠。司那夫金甚至一開始沒認出來，因為他以前見到的司諾克是淡紫色的。

「快一點！」他大叫：「那是我妹妹！可怕的樹叢正要吃掉她！」

讓他們驚嚇的是，司諾克說得一點都沒錯。有毒的安古司土拉樹叢抓住了司諾克小姐的尾巴，正要把她拉進去，而她尖聲大叫，盡力想要掙脫。

「可惡的樹叢！」姆米托魯大喊，揮舞著他的小刀，這把新刀子附有開瓶器，還有專門用來挖卡在馬蹄上的石頭的工具。他一面繞著樹叢，一面咒罵難聽的字眼，像是「蚯蚓」、「硬毛刷」和「有老鼠尾巴的討厭鬼」等等。樹叢用它全部的黃綠色花眼瞪著姆米托魯，最後終於放開司諾克小姐，改而向他伸出爬藤似的枝臂。司那夫金一行人大氣都不敢喘，看著眼前這場瘋狂的戰役。

姆米托魯出擊，他生氣的敲打著尾巴，對著安古司土拉胡亂舞動的枝臂猛烈進攻。

一根綠色枝臂纏住了姆米托魯的鼻子，觀眾聽到一陣驚駭的哭嚎。但他立刻一刀砍掉這根枝臂，哭嚎變成戰勝的呼聲。接著，戰況越來越激烈，樹叢全身顫動，姆米托魯則因生氣和用力過度而紅了臉頰。很長的一段時間，他們只能看到長枝臂、尾巴和腳纏鬥在一起。

司諾克小姐撿起一顆大石頭丟進扭打現場，卻打中了姆米托魯的肚子，幫了倒忙。

「噢，天哪！噢，天哪！」司諾克小姐悲嘆：「我殺了他！」

「女生就是女生！」史尼夫說。

不過，姆米托魯沒有死。他越戰越勇，一個接著一個砍斷安古司土拉的枝臂，直到只剩下樹幹。他收起小刀，以史尼夫認為非常高傲的態度開口道：「好了！勝負已定！」

「噢，你真勇敢！」司諾克小姐輕聲說。

「這對我來說是家常便飯。」姆米托魯開心的說。

「是這樣嗎？」史尼夫說：「我從來沒有……」他話還沒說完便尖叫一聲，司那夫

金偷偷踩了他一腳。

「怎麼回事？」司諾克小姐驚嚇的問道，經過剛才可怕的意外後，她依舊神經緊繃。

「別害怕，」姆米托魯說：「我會保護妳。我還有個小禮物要送給妳。」他拿出黃金腳環。

「噢！」司諾克小姐大喊，全身因喜悅而變成粉紅色，「我以為再也找不到它了。真是太好了！」她立刻戴上金環，並扭腰轉圈，試試它的效果。

「她抱怨丟了那金環，已經嘮叨兩天了，」司諾克說：「甚至吃不下飯。現在，如果你們都同意，我建議大家前往我知道的一個林中空地，一起開個會。我想我們有比金環更重要的事情需要討論。」於是，司諾克帶他們到他知道的空地，大家圍坐一圈等待

著。

「好了，」姆米托魯說：「我們要討論什麼？」

「當然是討論彗星，」司諾克害怕的看著紅色天空開口：「首先，我選我自己擔任會議主席兼祕書。有沒有人反對？」沒有人提出異議，司諾克便拿著鉛筆在地上敲三下。司諾克小姐以為他在打螞蟻。

「是毒螞蟻嗎？」她很感興趣的問。

「噓！妳在擾亂會議進行！」她哥哥說：「它會在十月七日晚上八點四十二分墜地。或者會晚四秒鐘。」

「什麼？毒螞蟻嗎？」姆米托魯問，和樹叢的戰役以及司諾克小姐的美麗讓他有點心神不寧。

「不，不，是彗星，」司諾克不耐煩的說：「現在，我們必須想想該怎麼辦？」

「我們打算盡快趕回家，」姆米托魯說：「我希望你和你妹妹可以一起來。」

「我必須考慮一下，」司諾克回答：「下次會議我們可以更深入討論。」

「聽著，」司那夫金打斷他的話，「這件事必須馬上決定。今天是十月三號，而且已經是下午了。我們只有四天可以趕回姆米谷。」

「你住在那裡嗎？」司諾克小姐問。

「是的，」姆米托魯說：「那是個很棒的山谷。我離家前剛做好一個鞦韆，史尼夫還找到壯麗的洞穴，我可以帶妳去看……」

「等一下，」司諾克說，再次敲打著地面，「請不要離題。現在我們還來得及在彗星到來之前趕回那裡，到你們的山谷就安全了嗎？」

「目前為止是這樣的。」史尼夫說。

「媽媽會想出辦法的，」姆米托魯說：「你們一定要來看我藏珍珠的山洞！」

「珍珠！」司諾克小姐興奮的大叫：「珍珠可以做腳環嗎？」

「我想是可以的，」姆米托魯說：「腳環、鼻環、耳環、訂婚戒……」

「那是以後的事情，」司諾克打斷他們，怒氣沖沖的敲著鉛筆，「安靜！我親愛的妹妹，這世界上有比鼻環更重要的事情。」

「但如果是珍珠做的，又是另一回事。」司諾克小姐說：「你又弄斷鉛筆尖了。沒有人想要吃晚飯嗎？」

「有，我想吃！」史尼夫叫道。

「那麼，本會議暫時休會，明日繼續。」司諾克嘆了一口氣說：「只要有女生在，就沒有秩序。」

「別那麼認真。」他妹妹說完，從一個小籃子裡拿出盤子，「如果你能幫我撿一些木柴，那就太好了。再說，我們在姆米谷的山洞裡會很安全的，你還擔心什麼呢？」

「對啊，真是個好主意！」姆米托魯大喊，敬佩的看著她，「妳真聰明，想到這個辦法。一點都沒錯！彗星來的時候，我們可以躲在山洞裡。」

「在我的山洞裡，」史尼夫驕傲的尖聲說道：「我們大家可以滾顆大石頭擋住出口，再蓋住上方的洞，搬很多食物和一盞油燈過去。這不是很令人期待嗎？」

「反正現在我們得開個會，」司諾克說：「我們必須安排一場工作派對。」

「對啊，對啊，」她妹妹不耐煩的說：「快去幫我撿木柴吧！還有，史尼夫，能不能請你去沼澤提點水來？」

史尼夫和司諾克依吩咐離開，司諾克小姐則開始擺桌。「姆米托魯，你能不能摘點花來裝飾餐桌？」她說。

「妳想要什麼顏色？」他問。

司諾克小姐看看自己，發現全身還是粉紅色的。你還記得吧，姆米托魯把腳環給她的時候，她就變成粉紅色了！「這個嘛，」她說：「我認為藍色的花最適合我。」於是姆米托魯便動身摘花。

「那我能做什麼呢？」司那夫金問。

「請為我演奏點音樂吧！」司諾克小姐說。

司那夫金拿出他的口琴，吹奏一首關於藍色地平線的歌曲。

久久之後，司諾克才撿了木柴回來。「啊，你終於回

來了。」他妹妹說。

「這花了我很長的時間，」司諾克說：「因為我非得找到一樣長的木柴不可。」

「他一直都是那麼特別嗎？」司那夫金問。

「他天生就是這樣，」司諾克小姐說：「史尼夫到哪裡打水了？」

然而，史尼夫根本沒找到水。沼澤的水全都消失，裡面只有泥巴，可憐的蓮花都枯死了。他再往前走進樹林，找到了一條小溪，但是也乾涸了。真是非常奇怪。最後，史尼夫垂頭喪氣的回到營地。

「我想，全世界的水一定都乾掉了。」他說。

「我們必須討論這件事。」司諾克說。可是他妹妹有更好的點子。「史尼夫，你不是還有一瓶檸檬汁嗎？」她問道。於是他拿出瓶子，她將整瓶檸檬汁倒進鍋裡，再加入一些野莓，煮出了你所能想像最美味的水果湯。

「但是我們擔心的不只是有沒有湯喝，」司諾克若有所思的說：「一定有什麼原因讓水都乾枯了。」

「也許是由於太陽太炙熱了。」司那夫金說。

「或者是因為彗星。」史尼夫說完，大家都抬頭看著天空。天空已經轉為暗紅色，而且越來越黑。在樹木頂梢有什麼東西在閃爍，是一個像遙遠星星的小紅光。它沒有移動，但似乎非常炙烈的閃

爍、燃燒著。

司諾克小姐打了個寒顫，爬到營火旁。「天哪！」她說：「它看起來不怎麼友善。」她全身慢慢從粉紅色變成淡紫色。

就在大家坐著看彗星的時候，姆米托魯捧了一束藍色風鈴草走過來。「這不太容易找到。」他說。

「非常謝謝你，」司諾克小姐說：「可是，我其實應該請你摘黃色的花。你看，我又變色了！」

「我的天哪！」姆米托魯難過的說：「我要不要再去摘些黃花呢？」此時，他也看到樹梢上的彗星。

「不，不，別忙了，」司諾克小姐答道：「請握住我的手！我好害怕！」

「妳不要怕，」姆米托魯安慰她說：「我們知道它還有三天才會撞上地球，到時候我們早就到家，舒服的躲在洞穴裡了。現在我們來喝妳煮的美味水果湯，再去睡覺吧。」

司諾克小姐為每個人舀湯，大家都吃飽後，便一起蜷縮在她用青草編織的墊子上。

營火逐漸燃盡，可是在黑暗寂靜的樹林上方，彗星卻閃耀著不祥的火紅光芒。

第八章

村落商店和林中派對

隔天，他們在樹林裡走了一整天，朝姆米谷趕路，司那夫金走在最前面，吹著口琴提振大家的士氣。下午五點左右，他們來到一條小路，入口有個很大的告示牌，還畫了箭頭，上頭寫著：

今晚有舞會！
往這走！

村落商店

「我想要跳舞！我們可以跳舞嗎？」司諾克小姐拍著雙手哀求著：「我已經好久好久沒有跳舞了。」

「現在沒有時間做這種事。」司諾克說。

「也許可以到村落商店買些檸檬汁，」史尼夫說：「我好渴。」

「反正這條路和回家的方向一樣。」姆米托魯說。

「我們經過的時候可以順道去舞會看看。」司那夫金提議。

司諾克嘆口氣。「你們全都沒救了。」他認命的說。

那是一條很有趣的小路，蜿蜒曲折，一直變換方向，有時甚至好玩的打了一個結。這種路百走不厭，我不確定它最後是否會讓你比較慢到家。

司那夫金砍了一段旗杆，又掛起他那珍貴的旗子。史尼夫掌旗，司那夫金吹口琴，而司諾克小姐雀躍的穿梭在樹木之間，摘下符合她當下心情的花朵，放在耳際。

「多告訴我一些關於你家鄉山谷的事情。」她對姆米托魯說。

「那是全世界最漂亮的山谷，」他回答：「有長著梨子的藍樹，啁啾雀從早唱到晚，還有許許多多容易攀爬的白楊木。我想在樹上蓋棟樹屋。到了晚上，河水映著月光，流過石頭，發出清脆的響聲，聽起來就像碎玻璃，爸爸還蓋了一座很寬的橋，手推車都過得去。」

「你一定要那麼詩情畫意嗎？」史尼夫說：「我們在家的時候，你只會說別的地方有多好。」

「那不一樣。」姆米托魯說。

「但這是事實，」司那夫金說：「我們都是這樣。遠離家園以後，才能真正了解家鄉有多好。」

「那麼，你的家在哪裡呢？」司諾克小姐問。

「哪裡都不是，」司那夫金有點傷心的說：「或者哪裡都是。要看妳怎麼想。」

「你沒有媽媽嗎？」姆米托魯看起來很為他難過的說。

「我不知道，」司那夫金說：「他們告訴我，我是在一個籃子裡被發現的。」

「就像摩西一樣。」史尼夫說。

「我很喜歡摩西的故事，」司諾克說：「可是，我認為他的媽媽可以用更好的方法救他，你們不覺得嗎？鱷魚可能會吃掉他。」

「鱷魚可是差一點就吃掉我們了。」史尼夫說。

「摩西的媽媽可以把他藏在有透氣孔的箱子裡，」司諾克小姐說：「這樣就能避開鱷魚了。」

「有一次，我們嘗試做了一個有呼吸管的潛水頭盔，」史尼夫說：「可是我們無法讓它真的不進水。姆米托魯一下水就連喝了好幾口，幾乎嗆到喉嚨。太好笑了！」

「噢！」司諾克小姐嚇得大叫：「我想那一定很可怕。」

就在他們邊漫步邊聊天時，眼前突然出現了村落商店。史尼夫大聲呼

喊，揮舞著高舉到頭上的旗子，一行人全都興奮的向前跑去。

那是一家很棒的村落商店。花園裡整齊的種著所有你能想得到的花朵，房屋是白色的，屋頂上還長著青草，屋前有個像日晷的東西，但它並不顯示時間，而是托著一顆像鏡子一樣的銀球，上面反射著房子和花園的形影。

上面的廣告海報有的是賣肥皂、或是牙膏，還有的是推銷口香糖，窗戶下方則種了黃色和綠色的巨大南瓜。

姆米托魯走上階梯，他一打開門，頭上的小鈴鐺就響了起來。大家一個個走了進去，只有司諾克小姐還留在花園照著銀球欣賞自己。櫃台後方坐著一位小眼睛光亮如鼠、滿頭白髮的老婦人。

「啊哈！」她說：「一大群孩子。親愛的，我能為你們效勞嗎？」

「請給我檸檬汁，」史尼夫說：「如果有的話，我要綠色的。」

「有沒有線條間隔為三公分的作業簿？」司諾克問，他想要記下彗星撞地球的時候，應該要做的每一件事情。

「當然有，」老婦人說：「藍色的可以嗎？」

「這個嘛，我想要別的顏色。」司諾克說，藍色的作業簿會讓他想到學校。

「我需要一件新褲子，」司那夫金說：「可是不用太新。我喜歡已經穿過，又合我身形的褲子。」

「好的，當然有，」老婦人說完便爬上梯子，從屋頂勾下一條褲子，「這件怎麼樣？」

「它太新、太乾淨了，」司那夫金難過的說：「沒有比較舊一點的褲子嗎？」

老婦人想了好久。「這是我庫存裡最舊的一條了，」最後她說：「明天它會更舊一點，也可能會更髒一點。」她透過眼鏡看著司那夫金補充道。

「好吧，」他說：「我可以到角落試穿看看。但我不認為這是我的尺寸。」說完，他便消失到花園去了。

「親愛的，那你呢？」老婦人轉身對姆米托魯說。他尷尬扭捏，害羞的問：「有沒有鑽石頭飾這種東西呢？」

「鑽石頭飾？」老婦人驚訝的問：「你要那東西做什麼？」

「當然是要送給司諾克小姐，」坐在地上用吸管喝檸檬汁的史尼夫尖聲說道：「他自從遇到那女孩後，就瘋瘋癲癲的。」

「送珠寶給女生一點也不瘋癲，」老婦人嚴肅的說：「你年紀太小還不懂，但事實上，珠寶是唯一適合女性的禮物。」

「噢。」史尼夫一聽，又埋頭喝起檸檬汁。

老婦人搜遍所有櫃子，沒找到任何頭飾。

「也許櫃台底下會有？」姆米托魯提醒。

老婦人低頭看了一眼。「沒有，」她難過的說：「那裡也沒有。居然連一個頭飾都沒有。那麼，改送一雙司諾克專用手套怎麼樣？」

「我不太確定……」姆米托魯說，他看起來非常擔心。

就在這個時候，門上的鈴鐺響了，司諾克小姐走進店裡。

「午安，」她說：「花園裡的圓球鏡真是美麗！自從我的小鏡子掉了以後，我都在水潭照鏡子，水裡的影像很滑稽。」

老婦人對姆米托魯使了個眼色，從櫃子裡拿出一個東西，在櫃台下方偷偷遞給他。姆米托魯低頭一看，是一面綴著金邊的小圓鏡子，背面還有鑲著紅寶石的紅玫瑰圖案。他非常高興，也對老婦人擠了擠眼睛。司諾克小姐完全沒注意到。

「這裡有沒有賣獎牌？」她問。

「親愛的，妳說什麼？」老婦人說。

「獎牌，」司諾克小姐說：「可以掛在胸前的星形獎牌。男生都喜歡這種東西。」

「當然。」老婦人說。她搜遍所有櫃子和櫃台下方，四處翻找。

「一個都沒有嗎？」司諾克小姐問，一滴淚滑到她的鼻尖。

老婦人非常難過，但她突發奇想，爬上梯子，從更高的櫃子上拿下一個專門裝聖誕樹裝飾品的盒子，在裡面找到了一個銀色的大星星。

「妳看！」她拿起它，大聲說：「這是妳要的獎牌！」

「噢，真漂亮！」司諾克小姐破涕為笑，害羞的轉向姆米托魯，「這個給你，姆米托魯。因為你把我從毒樹叢裡救出來。」

姆米托魯受寵若驚，他跪了下來，但因為鼻子擋住他的胸部，司諾克小姐只好將星星別在他肚子附近。星星閃著無與倫比的光輝。

「你應該看看自己有多帥氣。」司諾克小姐說。這時，姆米托魯拿出他一直藏在背後的化妝鏡。「我買了這個送給妳，」他說：「讓我看看鏡中的妳！」

兩人照著鏡子，不時發出「噢」、「啊」的讚

嘆聲，此時，鈴鐺又響了，司那夫金走進店裡。

「我想我最好等這件褲子再放舊一點，」他說：「它還不夠合身。」

「好吧，」老婦人說：「真可惜！但你想不想買一頂新帽子啊？」

然而，這個建議讓司那夫金震驚不已，他將頭上老舊的綠色帽子拉到耳朵下面，開口說：「謝謝，但我覺得隨身物品太多是一件非常危險的事情。」

司諾克一直坐著在筆記本上振筆疾書，此時他站了起來：「等到彗星危機過後，有件事一定要記得，那就是不要在村莊商店裡逗留太久。我建議我們繼續趕路。史尼夫，趕快喝完你的檸檬汁。」

史尼夫想要一口氣喝完，結果果汁幾乎都灑到了地上。

「他總是這樣，」姆米托魯說：「我們走吧。」

「請問總共多少錢？」司諾克問老婦人。她開始計算的同時，姆米托魯突然想起他們根本沒有帶錢。只有司那夫金有口袋，但總是空空如也。姆米托魯用手肘推他，用眉毛做出急切的暗示，而司諾克和他妹妹驚駭的看著對方。他們連一毛錢都沒有！

「作業簿是一又四分之三便士[2]，檸檬汁三便士，」老婦人說：「星星是五便士，鏡子十一便士，因為後面鑲著真的紅寶石。一共是一先令加上八又四分之三便士。」

大家不發一語。司諾克小姐拿出鏡子，嘆口氣後放回櫃台。姆米托魯拆下他的獎牌，司諾克想知道寫過的作業簿還能不能退還，史尼夫只是想著他的檸檬汁多半都灑到地上了。

老婦人小小的咳了一聲。

「好吧，我的孩子們，」她說：「司那夫金不想要的那件褲子剛好是一先令又八便士，所以兩相抵銷，你們沒有欠我錢。」

「真的是這樣嗎？」姆米托魯懷疑的問。

「小姆米托魯，這就像白晝一樣清楚，」老婦人說：「褲子我留下了。」

司諾克試著心算，但算不出來，於是他寫在作業簿上：

2 編注：十二便士等於一先令。

	先令	便士
作業簿		1¾
檸檬汁		3
獎牌		5
鏡子（鑲有紅寶石）		11
總計	1	8¾
褲子	1	8

一先令又八便士＝一先令又八便士

還剩四分之三便士

「沒錯。」他驚訝的說。

「但還有四分之三便士，」史尼夫說：「不退給我們嗎？」

「別這麼小器，」司那夫金說：「就算是打平了。」

他們向老婦人道謝。準備離開時，司諾克小姐突然記起一件事。「能不能告訴我們，今晚的舞會在哪裡舉行呢？」她問。

「這個嘛，」老婦人說：「你們只要沿著這條路走，就會到了。而舞會要等到月亮升起才會開始。」

一行人離開村莊商店後，姆米托魯突然停下腳步，拍了一下自己的頭。「彗星！」他大喊：「我們得警告老婦人，你們說是不是？也許她可以

跟我們走，一起躲進山洞裡。史尼夫，你能不能跑回去問她？」

史尼夫一聽便奔跑回去，其他人則坐在路邊等。

「你會不會跳森巴？」司諾克小姐問姆米托魯。

「一點點。」他回答：「不過，我最喜歡的是華爾滋。」

「我們沒什麼時間參加今晚的舞會了，」司諾克說：「你們看天空。」

他們抬頭看。

「它變得更大了，」司那夫金說：「昨天它還只有針尖大小，現在已經像雞蛋一樣大。」

「但我確定你會跳探戈，」司諾克小姐繼續說：「旁邊一短步，退後兩長步。」

「聽起來很容易。」姆米托魯說。

「妹妹，」司諾克說：「妳的頭腦裡沒有一件事是正經的，妳能不能不要離題？」

「我們本來在談跳舞的事情，」司諾克小姐說：「是你突然提起彗星。我還在講跳舞這件事。」

此時，他們兩人開始慢慢變色，幸好史尼夫及時趕了回來。「她不想跟我們走，他說：「彗星來的時候，她會爬進地窖裡。但她很感激我們，還送給我們一人一支棒棒糖。」

「這不是你要來的吧？」姆米托魯懷疑的問。

「卑鄙的傢伙！」史尼夫氣憤的大叫：「你怎麼會這麼想！她覺得我們應該收下棒棒糖，因為她還欠我們四分之三便士。畢竟，這是事實。」

於是他們含著棒棒糖繼續上路，太陽已經落到樹後，大地覆蓋了一層灰霧。月亮升起，露出慘綠微光，彗星的光芒益發強烈，它現在不僅和太陽一樣大，奇異的紅光還照亮了整座樹林。

他們來到了舞池所在的一小片空地，數千隻螢火蟲貼心的裝飾現場。舞池旁有隻大蚱蜢，手裡拿著一大杯啤酒，旁邊的草地上放著一把小提琴。

「呼！」他說：「一直演奏還滿熱的。」

「你為誰演奏呢？」司諾克小姐看著空蕩蕩的舞池說。

「附近森林裡的生物。」蚱蜢伸手一指，又喝了一口啤酒，「可是那些可憐的小東西並不滿意，他們說我的音樂不夠現代。」

這時，他們才發現這裡聚集了一大堆奇奇怪怪的小生物，就連水幽靈也從乾枯的沼澤和水池裡爬出來，樺樹下還有一群樹精靈在聊天。樹精靈住在樹幹裡，模樣相當美麗，到了晚上，她們會飛上樹梢，在樹枝上盪來盪去。不過，她們通常不會出沒在針葉樹上。

司諾克小姐拿起她的化妝鏡，看看她耳際的花朵是否完好，姆米托魯則拉直他的獎牌。他們好久沒有參加真正的舞會了。

「我不想冒犯蚱蜢，」司那夫金小聲說：「但你們覺不覺得，我可以為他們吹奏一下我的口琴？」

「你們何不一起演奏呢？」司諾克提議：「教他那首歌：〈所有的小動物都應該在尾巴上繫著蝴蝶結〉。」

「真是個好主意。」司那夫金說完，將蚱蜢拉到樹叢後面，教他那首曲子。

過了一陣子，樹叢後傳來幾個單音，接著是幾個轉音和花式彈奏。小生物全都停止聊天，來到空地聆聽。

「這聽起來很現代，」他們說：「很適合跳舞。」

「噢，老天啊！」有隻很小的生物指著姆米托魯的星星說：「將軍來了！」於是大家都聚集到這幾位旅人身邊，驚訝又敬佩的尖叫著。

「妳真是美麗又柔軟！」他們對司諾克小姐說。樹精靈用鑲有紅寶石的鏡子照自己，水幽靈則在司諾克的作業簿裡寫下濕濕的筆跡。

此時，樹叢後頭傳來樂音，司那夫金和蚱蜢走出來，極盡全力演奏。

一開始大家找不到舞伴，現場一片尷尬，最後每個人都找到了想要共舞的對象，舞會正式開始。

司諾克小姐教姆米托魯跳森巴，雖然牠們的腿很短，跳舞並不是件容易的事。司諾克的舞伴是一位德高望重的沼澤住民，她頭髮裡還有水草。史尼夫跟小生物裡最嬌小的一位轉著圈圈。就連蚊子也跳起舞來，各種你想像得到的可怕生物都走出森林，過來觀看。

沒有人想起正朝他們衝撞過來、強光照亮黑夜的彗星。

午夜時分，現場滾出了一大桶棕櫚酒，每個人都拿著樺樹皮做的小杯子盛酒來喝。螢火蟲來到空地中，滾成一個大球，大夥圍坐在旁邊喝著酒，享用著現場提供的三明治。

「我們現在應該來講故事，」史尼夫轉向最嬌小的小生物說：「小傢伙，你知道什麼故事嗎？」

「噢，不，真的，」害羞的小傢伙小聲說：「噢，不，嗯，真的，也許有。」

「那麼，說出來吧。」史尼夫說。

「有一隻木鼠名叫噗特。」小傢伙透過爪縫間

害羞的看著他們說。

「然後呢？」史尼夫鼓勵道。

「故事講完了。」小傢伙說完，困惑的在青苔挖洞躲進去。

全場爆笑出聲，有尾巴動物的還用尾巴敲地以示讚賞。接著，姆米托魯請司那夫金唱歌。

「我們來唱〈髒兮兮慘兮兮之歌〉。」他說。

「可是，這聽起來很慘。」司諾克小姐說。

「沒關係，來唱吧，」姆米托魯說：「因為它很適合吹口哨。」於是司那夫金吹口琴，其他人一起唱著副歌：

髒兮兮慘兮兮，

小路崎嶇難行，

時間已過四點。
疲憊不堪的小腳
就快走不動，
沒人願意開門。

司諾克小姐靠在姆米托魯的肩膀上。「這正是我們的處境，」她哽咽的說：「我們邁著疲憊不堪的小腳，就快走不動，我們可能永遠回不了家。」

「不，我們會回家的，」姆米托魯說：「別哭。我們到家時，媽媽會準備好晚餐，她會擁我們入懷，感興趣的聽我們告訴他們所有發生的事情。」

「而我會有一個珍珠腳環，」司諾克小姐擦乾眼淚說：「再給你做個珍珠領帶夾，怎麼樣？」

「好啊，」姆米托魯說：「那會很棒。可是我很少戴領帶。」司諾克小姐不知道如何回答，他們便不再說話，專心聽著司那夫金吹奏口琴。他吹了一首又一首的歌曲，最後，所有的小動物和水幽靈都陸續回到樹林裡。樹精靈爬進他們的樹幹，司諾克小姐則抓著她的化妝鏡睡覺去了。

最後一首歌結束時，空地一片寂靜。螢火蟲一隻接著一隻離開了，黑夜也非常緩慢的走向黎明。

第九章

穿越乾枯海洋的奇妙經驗、司諾克小姐從大章魚手中救出姆米托魯

十月五日這天，小鳥不再鳴叫。太陽微弱到幾乎看不見，彗星像個大車輪一樣掛在樹林上方，周遭則是一圈火焰。

那天，司那夫金沒有吹口琴，他沉默的想著：「我好久沒有那麼沮喪了。從某方面來說，每當快樂的派對結束時，我總感到悲傷，但這是另一回事。太陽消失、森林死寂的時候真是太可怕了。」

其他人也說不出話來。史尼夫的頭隱隱作痛，自言自語的咒罵著。他們跳了太多舞，雙腳疲累不堪，步伐越來越緩慢。

漸漸的，樹木越來越稀少，眼前的景觀變成荒地沙丘，他們只看見柔軟的沙丘和四處叢生的灰藍色海燕麥草。

「我聞不到海的味道，」姆米托魯吸著鼻子說：「噢！好燙。」

「也許這裡是沙漠。」史尼夫說。

他們繼續走著，在柔軟的沙地爬上又爬下，腳步格外沉重。

「你們看！」司諾克突然開口：「溜溜又在旅行了。」遠方清楚可見小小身影排成的彎曲線條。

「他們往東邊走，」司諾克說：「也許我們最好跟著他們，因為他們清楚哪裡有危險，會設法避開。」

「可是我們必須往這裡走，」姆米托魯說：「姆米谷在西邊。」

「我好渴。」史尼夫哀號。

可是無人應答。

他們在疲累和沮喪中掙扎著。沙丘越來越平坦，最後終於消失在一排閃爍著紅光的海草之前。海草後方是圓石遍布的海灘，再往後就是……他們站成一排，睜大眼睛！

「哇，真是太奇怪了！」姆米托魯說。

照理說他們應該要看見海洋，海面載著輕柔的藍色波浪和友善的船隻。但此刻在他們眼前的，卻是一道裂開的深淵。

蒸氣從一個個似乎直通地心的大裂縫深處冒出來，懸崖垂直而下，無止……無盡……

「姆米托魯！」司諾克小姐驚嚇的說：「整個海洋都乾掉了。」

「魚兒會怎麼說呢？」史尼夫叫喊。

司諾克拿出他的作業簿，又加上幾個項目，表單的標題是：彗星逼近會遇到的風險。但司那夫金只是坐下來，臉埋在雙手裡，哀叫著：「老天，噢，天哪，美麗的海洋消失了，再也不能航行、不能游泳、不能釣魚。沒有暴風雨、沒有透明的冰塊、沒有映照星空閃閃發光的黑水。全都結束、消失，不見了！」接著，他低頭埋在膝蓋間哭泣，好像心都碎了。

「哎呀，司那夫金，」姆米托魯語帶責備的說：「你一向無憂無慮，我真不喜歡看到你那麼沮喪。」

「我知道，」司那夫金說：「可是我一直最愛大海。這太令人傷心了。」

「尤其是對魚來說。」史尼夫尖聲說道。

「目前看來，最重要的事情，」司諾克說：「是我們要如何越過這個巨大深淵。

我們已經沒有時間繞路了。」

「當然沒有。」姆米托魯焦急的附和。

「我們來開會，我當主席。」司諾克說：「好的，除了越過乾枯的海洋，還有哪些其他辦法？」

「用飛的。」史尼夫說。

「別傻了，」司諾克說：「提案拒絕。全體無異議。還有嗎？」

「走路。」姆米托魯提議。

「你真笨，」司諾克說：「我們會掉進那些大深淵，或者淹沒在泥濘裡。提案拒絕。」

「那你自己提議啊！」姆米托魯生氣的說。
此時，司那夫金抬起頭。「我知道了，」他大聲說：「踩高蹺！」
「踩高蹺？」司諾克說：「提案拒……」
「等一下，」司那夫金叫道：「聽著，你們不記得我曾經踩高蹺通過溫泉區嗎？跨一大步，我就可以越過各種地形，而且速度也很快。」
「可是，踩高蹺不是很困難嗎？」司諾克小姐問。
「你們可以先在沙灘上練習，」司那夫金回答：「現在唯一的問題是要找到高蹺。」
於是，大家分頭尋找高蹺，搜尋過程並不容易。
司諾克面對問題的方法是最聰明的。他想，高蹺是長竿。哪裡有長竿呢？可以用樹幹。樹在哪裡呢？在樹林裡……於是，他在高溫之中又走了長長的路返回林邊，幫自己找了兩根細長的縱樹苗。縱樹裡沒有樹精靈。
姆米托魯和司諾克小姐一起尋找。他們聊起了姆米谷和山洞，很快便完全忘記他們要找的是什麼。

「我爸爸蓋了一座很棒的橋，」姆米托魯說，他大概講第三次了，「但他大多數的時間都在寫一本叫作『回憶錄』的書。內容是關於他這輩子做過的事情，還有，他一完成新的事情，也會寫下來。」

「那麼他一定沒有什麼時間做很多事情囉？」司諾克小姐說。

「這個嘛，」姆米托魯說：「他會不時做些事情，有時只是為了讓自己有東西寫。」

「跟我說說你們遇到的那場可怕的洪水。」司諾克小姐說。

「噢，好的，實在是很嚇人！」姆米托魯說：「水位不斷上漲，到最後，我、媽媽與史尼夫三人只能擠在一個小土堆上，連尾巴都沒地方放。」

「哇！」司諾克小姐說：「水淹到多高了？」

「比我還高五倍，或者更高，」姆米托魯說：「就像那根長竿一樣高。」

「真難以想像！」司諾克小姐驚叫。他們一面閒晃，一面想著洪水的畫面。

不久之後，姆米托魯停下腳步問：「我剛剛是不是說『就像那根長竿一樣高』？」

「是啊，怎麼了？」司諾克小姐問道。

「因為，我想起來我們在找長竿，」姆米托魯答道：「我們得回去拿。」

他們回頭，在沙灘上吃力的行走，回到發現長竿的地方。那是根很長的竿子，漆成紅色與白色。

「這是海上標示暗礁的竿子，通常是兩端各一根，」姆米托魯說：「而另外一根在這裡。」

他們所在的地方在海水乾枯之前是一個小海灣，海灘上到處是船的殘骸、浮木、樺樹皮和海草。司諾克小姐找到一個船桅的杆頭，可是太大了，帶不走。她只得撿起一個有鍍金瓶蓋一路從墨西哥漂來的瓶子。沒多久，他們便看到一個斷成兩半的長木板，剛好可以當第二對高蹺。

他們滿意的返回，看到其他人已經在練習了。司那夫金一腳踩著魚竿，另一腳踩著藤蔓架，正得意的為大家示範。史尼夫努力的保持平衡，他的高蹺一支是掃把柄，另一支則是旗杆，上面還掛著旗子。

「你們應該看看我一分鐘以前的表現。」他大叫後便馬上摔下來，撞到鼻子。

「你應該像這樣，」司諾克邊說邊在沙灘上行進，「就像穿長筒靴走路一樣！」

司諾克小姐跳上高蹺後，害怕的啜泣了起來。但是，沒多久她便成為他們當中走得最好的一個，昂首闊步，好像已經踩了一輩子的高蹺。

「我想已經夠好了，」司那夫金說，在這之前，大夥已經搖搖晃晃的摔倒一個多小時了，「我們走吧。」

他們一個接一個，腋下夾著長竿，走上最濕滑難行的道路，一路往深淵前進。

海底的景象一片蕭條。曾經在透明綠水裡搖曳生姿的美麗海草，現在躺平發黑，魚兒則在半乾的水塘裡可憐的掙扎。

頭上的蒸氣像煙幕一樣籠罩，但仍然依稀看得到彗星閃著詭異的亮光。

「這和溫泉路差不多。」司那夫金說。

「聞起來真糟，」史尼夫皺著鼻子說：「別忘了，有事可別怪我。我警告你們……」

「還好嗎？」姆米托魯在蒸氣中對司諾克小姐叫道。

「還好，謝謝！」微弱的應答聲自不遠處來。

他們就像長腿昆蟲一樣，邁開步伐橫越海底，地面越來越往下傾斜。深綠色的高山此起彼落，過去這些山地只有頂端露出海面，形成小島，讓人們登岸戲水。

「我再也不到深水裡游泳了，」史尼夫打著寒顫說：「只要想到水底的景象，就令人不寒而慄！」他偷瞄到還有一點水的黑暗裂縫裡，有一群奇怪的海底生物。

「儘管很可怕，但還是很美麗，」司那夫金說：「在這之前沒人看過這景象！那裡有個東西，是什麼？」

「藏寶箱！」史尼夫叫道：「我們去看看！」

「反正我們又帶不走，」司諾克說：「算了吧。我們離開這裡之前，一定還會找到更特別的東西。」

此時，他們腳下已經是大大小小的黑色岩石，必須非常小心，才不會讓高蹺卡在石礫中。突然間，前方暗處慢慢浮出一個大黑影。

「那是什麼？」姆米托魯急促的說，他突然停下腳步，差點摔到鼻子。

「也許是會咬人的東西！」史尼夫緊張的說。

他們慢慢靠過去，從岩石後偷看。

「一艘船！」司諾克叫道：「是一艘沉船！」

可憐的船看起來真悲慘！桅杆斷成兩截，腐爛的船身滿是貝殼。船帆和索具早就被海水沖走，船頭的金色人像也斷裂褪色。

「你覺得還會有人在船上嗎？」司諾克小姐小聲問道。

「我想他們都搭上救生船了，」姆米托魯說：「走吧！這太可怕了。」

Tove

「等一下，」史尼夫從高蹺跳下來，「我看到一個金色的東西。有什麼在發亮……」

「別忘了石榴石和巨蜥的教訓！」司那夫金叫道：「你最好不要動它！」

史尼夫還是彎下身來，從沙地裡拉出一把金色刀柄的短劍。上面鑲著如月光一般明亮的貓眼石，刀鋒閃著寒光。史尼夫舉起他的新發現，興奮的叫喊。

「噢，真美！」司諾克小姐高喊完，雙腳失去平衡。她前後搖晃，突然往旁邊的沉船倒下，消失在船艙裡。姆米托魯放聲尖叫，衝過去救她。

濕滑的甲板妨礙了他的速度，但他還是盡快衝到入口，往黑暗的船艙望去。

「妳在那裡嗎？」他焦急的大喊。

「我在這裡。」司諾克小姐尖聲回答。

「妳還好嗎？」姆米托魯問完，跳下船艙

想救起她，卻被及腰的海水和難聞的腐爛氣味嚇了一跳。

「我沒事，」司諾克小姐說：「只是很害怕。」

「史尼夫真是會惹麻煩，」姆米托魯生氣的說：「每次看到閃爍或發亮的東西就要立刻衝過去。」

「這個嘛，我懂的。」司諾克小姐說：「飾品很有意思，尤其是黃金和珠寶做的飾品。你不認為我們會在這裡找到更多寶藏嗎……？」

「這裡太黑了，」姆米托魯說：「附近可能還有危險的動物。」

「我想你說得對，」司諾克小姐順從的說：「那麼，當個仁慈的好姆米，救我離開這裡吧！」

於是，姆米托魯將她托高，讓她爬到船艙口。

司諾克小姐馬上拿出她的化妝鏡，檢查有沒有破損。還好，感謝老天，鏡子完好如初，後面的紅寶石也都安然無恙。可是，當她欣賞自己的模樣時，鏡子裡卻出現了嚇人的景象：黑暗的船艙之中，姆米托魯正要爬出來，而在他身後的黑暗角落裡還有別的東西，正在緩慢的爬向姆米托魯。

司諾克小姐丟下化妝鏡，盡全力大喊：「小心！有東西在你後面！」

姆米托魯回頭，看到了深海裡最危險的動物，那是一隻巨型章魚，正從角落緩慢的朝他蠕動過去。他拚了命的想要爬上船艙口，拉住司諾克小姐的手，卻滑下濕黏的船板，噗通一聲，再度落入水裡。這時，司那夫金等人也來到甲板，試著用高蹺戳刺章魚。但章魚毫不退卻，只是冷酷的直直朝姆米托魯逼近，長長的觸角就要

碰觸到他的獵物。

這時司諾克小姐想到一個辦法。她以前很喜歡在陽光下把玩鏡子，用反光照射她哥哥的眼睛，讓他頭暈目眩。於是，她拿起紅寶石化妝鏡，想要以同樣的方法對付大章魚，只不過，照進章魚眼睛的光芒不是來自太陽，而是彗星。她的計畫非常成功，章魚立刻停止移動，強光照得牠不知道該如何反應。姆米托魯爬上高蹺，由其他人拉上甲板。

他們馬上離開那艘可怕的沉船，大氣都不敢喘的跑離好幾公里以外。

姆米托魯對司諾克小姐說：「妳知道嗎？妳救了我一命！還用那麼聰明的方法！我要請司那夫金寫一首詩讚頌妳，因為我自己恐怕寫不出來。」

司諾克小姐垂下眼睛，高興的開始變色。

「這是我的榮幸，」她輕聲說：「如果可以，我願意一天救你八次。」

「如果妳能救我，那我不介意每天被章魚攻擊八次。」姆米托魯豪爽的說。

「如果你們兩個已經嘮叨完畢，」史尼夫說：「也許我們可以上路了。」

沙子變得更平坦了，到處散布著巨大的貝殼，有號角型和螺旋型，全都是最美麗的色彩，包括紫色、午夜藍和海洋綠。

司諾克小姐想要留下來仔細欣賞那些貝殼，聆聽隱藏在裡面的海洋聲音，但是她的哥哥催促她趕快離開。

大螃蟹在貝殼裡外橫行，彼此談論著海水消失是多麼奇怪的事情。他們納悶是誰奪走海水，一切是否會恢復原狀。「還好我不是水母！」一隻螃蟹說：「離開了水，他們只不過是一坨斑點，而我們當然還和以前一樣快樂。」

「那些不是螃蟹的生物真可憐，」另一隻螃蟹說：「海水之所以消失，一定是有人刻意要讓

我們擁有更大的生活空間。」

「真是個絕妙的想法！要是這世界上只住著螃蟹，該有多好？」第三隻螃蟹揮舞大螯呼喊著。

「真是一群自私的生物！」司那夫金低聲說：「用鏡子反光照他們，讓他們眼花目眩，看看他們會怎麼樣。」

司諾克小姐對準彗星，將光線反射到螃蟹的眼睛。螃蟹群出現一陣恐懼的騷動，大家害怕的七嘴八舌，四處逃開，還撞到彼此，頭埋進了小水塘裡。

姆米托魯一行人全都大笑起來，又繼續趕路。沒多久，司那夫金想要吹首歌曲，沒想到口琴卻吹不出聲音來，因為蒸氣讓它生鏽了。

「天哪！」他傷心的說：「這真是最悲慘的一件事了。」

「我們到家時，爸爸會幫你修好的，」姆米托魯說：「他什麼東西都能修理，只要他有時間。」

他們四周盡是詭異的海底景觀，自從地球誕生以來，就一直被幾百萬噸的海水覆蓋著。

「你知道，身處在海底是件很了不起的事情，」司諾克說：「我們現在一定很接近海洋的最深處了。」

可是，當他們來到最大的峽谷時，反而無法前進了。四周斜坡陡峭，谷底只見一片模糊昏暗的綠光。或許根本沒有底！也許全世界最大的章魚就住在下面，窩在軟泥裡繁殖。裡頭可能也住著沒有人見過、超出想像之外的生物。然而，司諾克小姐渴望的盯著峽谷邊緣一個漂亮的大貝殼，它有著美麗的淡白色，微暗的中心閃著誘人的光芒，也只有光線照不到的深海才找得到這樣的美麗生物。貝殼輕聲唱著古老的海洋之歌。

「噢！」司諾克小姐讚嘆：「我真想住在那個貝殼裡。我想進去看看是誰在低吟。」

「只不過是大海的聲音罷了，」姆米托魯說：「每個消逝在岸邊的波浪都會對一個貝殼唱首歌曲，可是妳千萬不能進去，因為貝殼裡面是迷宮，妳可能再也出不來。」

大家最後終於說服她繼續往前走，所有人開始加快腳步。黃昏已經到來，他們還

找不到可以睡覺的地方。在潮濕的海霧之中，他們只能看到彼此模糊的輪廓。周遭則是一片詭異的寂靜，完全聽不到陸地上黃昏時分會有的熱鬧聲響，像是小動物稀哩嘩啦的腳步聲、樹葉被晚間涼風吹動的聲音、鳥兒的啼鳴，或是有人踢到石頭的聲音。

在如此潮濕的地面，完全生不了火，大家也不敢在危機四伏當中歇息。最後，大家決定把營地搭在只有踩高蹺才上得去的尖石高處。他們必須隨時保持警戒，因此姆米托魯輪第一班看守，他還決定帶著司諾克小姐一起。其他人蜷縮在一塊兒睡覺時，他坐下來盯著前方荒涼的海底。彗星的紅光照亮四周，陰影則如黑絲絨般橫躺在沙上。

姆米托魯心想，這個巨大火球越來越接近，地球一定害怕極了。隨即又想著他有多麼熱愛這個世界的一切：森林與海洋，雨和風，陽光、草地和苔蘚，若沒有這些事物，根本就無法生存，這一點讓他感到非常、非常悲傷。可是沒多久，他就不再擔心了。

「媽媽會知道該怎麼辦。」他告訴自己。

第十章

亨姆廉的集郵冊、
蚱蜢大軍和可怕的龍捲風

隔天，史尼夫睜開眼說的第一句話就是：「彗星明天就要來了！」

「它好大！」司諾克小姐說：「幾乎跟房子一樣大。」

在彗星的熱氣烘烤之下，蒸氣已經完全消失，他們可以看到對面的海底逐漸往上延伸，再度連到海灘。海岸已經不遠了。

「樹木！」司那夫金指著大叫，大家都迫不及待的跑過去，連高蹺都來不及踩了。

「白楊樹！」姆米托魯踏上沙灘後，誇張的叫著：「姆米谷離這裡不遠了。」

司諾克開始吹起口哨，他們非常高興能夠再度踏上乾燥的陸地，興奮的互相擁抱，接著他們再度朝家的方向出發。

途中，他們遇到家庭小精靈騎著腳踏車朝他們過來。家庭小精靈永遠不會脫下他們的毛大衣，所以熱得滿臉通紅。行李車裡有兩、三個行李箱，把手則掛了各種大大小小的箱子，背上還有一個嬰兒坐在背包裡。

「你要離開嗎？」史尼夫喊著。

家庭小精靈跳下腳踏車說：「小傢伙，你絕對有理由這麼問。住在姆米谷裡的所有人都準備逃離，我不認為會有人待在這裡等彗星來臨。」

「你們怎麼知道彗星會剛好掉落在這裡呢？」司諾克問。

「這個嘛，可以說是鳥語相傳，」家庭小精靈說：「麝香鼠把消息傳給鳥兒們，只要是自重的家庭小精靈都接收到彗星將落在姆米谷的訊息。」

「順便一提，」姆米托魯說：「我相信我們是遠房親戚，離家時我母親告訴我，有機會見到你們時要代為問候。」

「謝謝你，謝謝你。」家庭小精靈匆忙的說：「也幫我向你可憐的母親問好，她和你父親拒絕離開。他們說，

要等你和史尼夫回家！」

「那我們最好快一點，」姆米托魯擔心的說：「如果你經過郵局，能不能請你發個電報回家，告訴他們我們正盡快趕回家？請把它寫成一般的問候電報！」

「好的，我會的，」家庭小精靈爬上腳踏車，「那麼，再見了，願房屋與姆米精靈守護者看顧你們！」說完，他便用力踩著踏板離開了。

「我第一次看到那麼多行李！」司那夫金說：「那可憐的傢伙顯然累壞了。噢，什麼都不帶走不是很棒嗎！」他邊說邊開心的把帽子拋向空中。

「我不確定，」史尼夫憐愛的看著他那鑲了珠寶的短劍說：「能夠擁有真正屬於你的美麗事物也很不錯。」

「我們得繼續趕路了，」姆米托魯說：「他們在家裡等我們，我知道這一定很不好受。」

一路上，他們遇到成群的逃難潮。有人徒步，有人開車，也有人騎車，還有的人是用推車將房子載著走。大家都害怕的盯著天空，沒有時間停下來交談。

「真奇怪，」姆米托魯說：「我們似乎不像這些人那麼害怕。我們還曾前往最危險的地方，而他們卻是要離開危險的地方。」

「那是因為我們實在是太勇敢了。」史尼夫說。

「沒錯，」姆米托魯有感而發的說：「我想一定是因為我們有機會了解這顆彗星，我們最先發現它將襲來，並親眼看到它從小黑點變成像太陽一樣大……獨自高掛空中，帶給所有人恐懼，一定是件非常寂寞的事情！」

司諾克小姐把手放在姆米托魯手上。「不管怎麼樣，」她說：「如果你不害怕，我也不害怕！」

不久，他們便在路邊休息片刻，順便享用午餐。有個亨姆廉坐在那裡，腿上還擺了一本集郵冊。

「那麼吵鬧又匆忙！」他自顧自的咒罵著：「大家只顧著引起騷動、慌慌張張，卻沒有人告訴我是怎麼一回事。」

「早安。」姆米托魯說：「我猜想，你和我們在寂寞山遇到的那位亨姆廉不是親戚吧？他喜歡蒐集蝴蝶。」

「那一定是我父親那邊的堂兄弟，」眼前這位亨姆廉說：「他很笨，我們現在根本不來往，我跟他斷交了。」

「為什麼呢？」史尼夫問。

「他除了那些爛蝴蝶之外，什麼都不關心，」亨姆廉說：「就算地面在他腳下裂開，他也不在乎。」

「這正是現在要發生的事情，」司諾克說：「更精確的說，是明天晚上八點四十二分。」

「什麼？」亨姆廉說：「我就知道，這裡一陣

大騷動。我整個禮拜都在家裡整理我的郵票，有齒孔的、有浮水印的，全都分類放好，結果呢？有人直接拿走我工作的桌子，還有人從下面搶走椅子。後來，居然整棟房子都不見了！我只能毫無頭緒的坐在這裡，伴著我的郵票，大家都不願告訴我究竟發生了什麼事。」

「亨姆廉，你現在聽好了，」司那夫金一個字一個字緩慢的說：「這都是因為彗星明天就要撞上地球了。」

「撞上？」亨姆廉說：「這和蒐集郵票有關係嗎？」

「不，沒關係，」司那夫金說：「是和彗星有關，就是拖著尾巴、瘋狂衝撞的星星。如果它撞過來，你也別想再蒐集郵票了。」

「老天保護我！」亨姆廉嚇得說出這不合邏輯的話，提起裙角問他們他該怎麼辦。順帶一提，沒有人知道為什麼亨姆廉都穿裙子，也許是因為他們從來沒想過要穿褲子。

「跟我們一起走，」司諾克小姐說：「我們找到了一個洞穴，你和你的郵票都可以躲在裡面。」

就這樣，亨姆廉也加入了他們返回姆米谷的行列。有一次，他們得回頭好幾公里，只為了追回從集郵冊掉出來的一張稀有郵票。還有一次，他和司諾克因為有人忘記完成什麼事情而吵了起來，雖然司諾克堅稱那只是「爭論」，但任何人都看得出來，那根本是吵架。不過整體來說，他們和亨姆廉相處愉快。

他們遠離鄉間小路，來到一大片樹林，裡面長滿了白楊樹和橡樹，還有幾棵李樹穿插其中，史尼夫停下腳步聆聽。

「你們聽到什麼聲音了嗎？」他問。

他們聽到了非常細微的颼颼聲和嗡嗡聲，而且越來越近，最後變成震耳欲聾的吼叫聲。司諾克小姐緊握著姆米托魯的手。

「你們看！」史尼夫尖叫。

突然間，一大片飛行生物遮蔽了紅色的天空，他們先是低飛，再直接衝進樹林裡。

「是一大群蚱蜢！」司諾克大叫。所有人全都躲在大石頭後面，小心翼翼的觀察這幾百萬隻停在樹上的綠色大盜。

「蚱蜢發瘋了嗎？」司諾克小姐小聲問。

「我們——要——吃！」最近的一隻蚱蜢唱道。

「我們——正在——吃！」另一隻唱道：「我們——正在——吃！」大家齊聲高唱，所有看得到的東西全都遭他們啃食、撕裂、咬破。

「看著他們，讓我更餓了。」亨姆廉說：「這比之前的騷動還要糟糕。我希望他們不吃集郵冊。」

「誰看見了舞會上那位喝啤酒的蚱蜢音樂家嗎？」司那夫金問。

「他是溫和的草蚱蜢，」司諾克說：「而這些是野蠻的埃及蚱蜢。」

看他們吃東西的速度實在是很有意思。才一轉眼，可憐的樹木全都光禿禿了，連一片葉子和一根青草都不留。

姆米托魯嘆口氣。「我聽說蚱蜢大軍總是在大災難之前蹂躪大地。」他說。

「什麼是大災難？」史尼夫問。

「就是那些悲慘至極的事情，」姆米托魯說：「像是地震、海嘯、火山爆發、龍捲風和瘟疫等等。」

「換句話說，就是『騷動』，」亨姆廉說：「讓人不得安寧。」

「埃及是什麼樣子呢？」史尼夫對離他最近的蚱蜢喊著。

「噢，糧食不足，」他唱著：「可是要注意，我的小小朋友們，小心強風！」

「我們——已經——吃飽了！」所有蚱蜢放聲歌唱。就在一陣雷鳴般的鳴叫當中，全體從空無一物的林子飛起。

「真是可怕的生物！」司那夫金驚叫。一行人在蚱蜢留下的一片荒蕪中繼續趕路。

「我好渴！」司諾克小姐哀傷的說：「我們還沒到嗎？司那夫金，請吹奏那一首〈髒兮兮慘兮兮之歌〉，這正是我現在的心情。」

「口琴壞了，」司那夫金抗議：「只有幾個音還能演奏。」

「還是吹來聽聽吧！」司諾克小姐說。司那夫金不得已開始吹奏：

髒兮——慘兮——，

小路——難——，

——四點。

——小腳

就快——；

——門。

「我不予置評。」亨姆廉說。他們繼續拖著沉重的腳步前進，雙腳感到前所未有的疲累。

此時，龍捲風已經在遠方的埃及成形。它張著黑暗的翅膀越過沙漠，橫掃而來，不但捲起樹枝和乾草，還變得越來越黑暗，越來越強勁。它所到之處，樹木和屋頂全都被捲走，只見它衝過海洋，爬上高山，最後來到姆米谷。

大耳朵的史尼夫最先聽到聲音。「一定是另外一群蚱蜢來襲了。」他說。

大家全都抬起頭，仔細聆聽。

「這次是暴風雨。」司諾克小姐說。她說對了，這正是之前蚱蜢警告的強烈暴風。

龍捲風的前鋒在光禿的樹幹之間哭嚎，扯斷了姆米托魯的獎牌，吹上樅樹枝頭。狂風四度吹得史尼夫滾來滾

去，還試圖奪走司那夫金的帽子。亨姆廉抱緊集郵冊，一面低聲詛咒。最後，所有人都被吹出樹林，來到一處開闊的沼澤區。

「我們應該要好好規畫才對。」司諾克大喊：「那麼強的風，卻沒有東西可駕駛！」

「也沒有東西可以乘坐，」司那夫金說：「這才是更重要的。」

大家爬到大樹的樹根底下討論事情。

「我小時候做過滑翔翼，」姆米托魯說：「它飛得很好……」

「氣球也不錯，」司諾克小姐說：「我有過一個臘腸型的黃色氣球。」

就在這個時候，一小股龍捲風潛入樹根，吹起了亨姆

廉的集郵冊，把它捲上天空。亨姆廉發出一聲慘叫，急忙跳起來搶救他的寶物。他搖晃擺動，強風從底下吹進他的裙子，讓他整個人騰空飛越石南花叢。他像一面大風箏似的飛了起來。

司諾克若有所思的看著他：「我有辦法了。你們都跟我來。」

他們在不遠處找到了亨姆廉，他沮喪的坐在那裡哭泣。

「亨姆廉，」司諾克說：「這是一場可怕的災難，你能不能幫個忙，裙子借我們一會兒，我們要做個氣球。」

「噢！我珍藏的郵票！」亨姆廉哭著說：「我畢生的心血，我偉大的收藏！我的郵票稀有又特別，而且獨一無二！」

「聽著，把裙子脫下來好嗎？」司諾克說。

「什麼？」亨姆廉說：「要我脫掉裙子？」

「是的，」大家齊聲大叫：「我們想要用它做氣球。」

亨姆廉氣得滿臉通紅。「我真是沮喪又絕望，」他說：「你們那討厭的災難讓我遭受可怕的意外，現在還要我脫裙子！」

「聽著，」司諾克說：「你先聽我們的話，我們就會幫你找回集郵冊。動作要快！這只是龍捲風的開始，就像強風警報一樣。等到龍捲風真正來臨，飛上天空才是最安全的。」

「我一點也不在乎你們的什麼龍捲風或彗星，」已經怒不可抑的亨姆廉咆哮：「有誰敢動我的郵票……」

亨姆廉還來不及說完話，所有人全都跳到他身上，將他的裙子從頭上拉下來。這是一件很大的裙子，裙腳還有花邊，是亨姆廉的姑姑留給他的。他們只要把領口和兩個袖口打個結，就成了一個完美的氣球。

亨姆廉猛烈咒罵，但沒人理他，因為他們看到龍捲風已經在地平線現身。它看起來很像一個螺旋型的大雲團，夾著粗野的嚎叫侵襲森林，將樹木連根拔起，再像丟火柴似的拋下來。

「用力抓緊。」姆米托魯大叫。所有人用盡力氣緊抓著亨姆廉的裙子，彼此的尾巴纏在一起，以策安全。龍捲風來了！

有好一陣子，他們什麼都聽不到也看不見。亨姆廉的裙子帶他們高高飛上天，越來越高，越過沼澤、山頭和乾涸的湖泊。他們繼續飛，直到天色已晚，黑夜降臨，這時龍捲風才漸漸轉弱。最後，他們停止移動，落在一棵高大的李樹上。

「啊，真是太恐怖了！」姆米托魯喊著：「大家都還在這裡嗎？」

「我還在，」亨姆廉說：「在其他事情發生之前，我要強調，我以後再也不會加入這種幼稚的遊戲了。如果你們

再像這樣胡鬧，不要拖我下水。」

這一次大家都太累了，懶得再次跟亨姆廉說明一切。

「我沒事，我的化妝鏡也還在。」司諾克小姐說。

「我的帽子沒掉，」司那夫金說：「口琴也安好。」

「我的作業簿不知道掉到哪兒去了，」司諾克傷心的說：「我在上面寫了彗星來的時候要做的所有事情。現在我們該怎麼辦？」

「不用管它了，」姆米托魯說：「史尼夫在哪裡？」

「這裡，」一個微弱的聲音響起，「如果這還是我，而不是暴風下倖存的可憐殘肢的話。」

「是你沒錯，」亨姆廉說：「我到哪裡都認得出你的尖叫聲。我可以拿回裙子了吧！」

「噢，當然可以，」姆米托魯說：「謝謝你大方出借。」

亨姆廉套上裙子，口中不停的抱怨和發牢騷。幸好，黑暗中他看不到龍捲風如何蹂躪了他的裙子！

所有人在李樹上過夜，緊緊靠在一起。一整天奔波下來，大家都累壞了，一直睡到隔天中午十二點才醒來。

第十一章

咖啡派對、緊急搬入洞穴和彗星到來

十月七日，這天炎熱無風。姆米托魯睜開眼睛，打了個大哈欠，但他立刻閉上嘴巴，睜大了眼睛。

「你們知道今天是什麼日子嗎？」他問。

「彗星！」史尼夫小聲說。

我的天哪，它真巨大！原來的紅色現在已經變成黃白色，周遭圍著一圈跳動的火焰。整座樹林似乎都在屏息等待……螞蟻爬進蟻丘，鳥兒躲在巢穴，森林中來不及逃離的小動物都找到地方躲起來了。

「現在幾點？」姆米托魯問。

「十二點十分。」司諾克答。

大家不發一語，逕自從樹上爬下來，以最快的速度朝家裡前進。

只有亨姆廉還繼續自顧自的低聲咒罵，叨念著他遺失的集郵冊和破掉的裙子。

「安靜，」司諾克說：「我們有更重要的事情要思考。」

「你們認為彗星會在我們之前到達姆米谷嗎？」司諾克小姐輕聲說。

「我們會來得及的。」姆米托魯說，可是他看起來一臉擔心。

蚱蜢大軍一定沒來過這裡。這裡的樹林青翠碧綠，前方的山坡覆蓋著白色的花朵。

「你想要摘一朵花放在耳際嗎？」姆米托魯問。

「噢，不用了！」司諾克小姐說：「我太擔心了，沒心情想這種事。」

此時，史尼夫已經走在他們前方，大夥聽到他興奮的大叫。

「我猜又是新的騷動。」亨姆廉說。

「快點！」史尼夫尖叫：「用跑的！快過來！」他的手放在嘴上，吹出響亮的口哨聲。

姆米托魯帶頭，大家拔腿跑過樹林。他邊跑邊用力嗅聞，是烤麵包的美味香氣。樹木越來越稀疏，姆米托魯突然停下腳步，既驚訝又開心。

底下就是姆米谷了。在李樹和白楊樹之間，藍色的姆米屋靜靜佇立著，和他們離家時一樣蔚藍、平靜又美麗。姆米媽媽正在屋內烤著麵包和蛋糕。

「現在一切都會沒事的。」姆米托魯快樂的說，如釋負重的感覺讓他得坐下來一會兒。

「橋在那裡！」司諾克小姐說：「還有你提到的那棵很好爬的白楊木。真是一棟美麗的房屋！」

廚房裡，姆米媽媽用淺黃色的檸檬皮和糖漬梨片裝飾蛋糕，還用巧克力在上面寫了「給我親愛的姆米托魯」幾個大字，最後在頂

端放上用棉花糖做的星星。

姆米媽媽輕聲吹著口哨，不時看著窗外。

姆米爸爸則焦急的穿梭在每個房間。「他們應該快到了，」他說：「已經一點半了。」

「他們就快到了，」姆米媽媽信心滿滿的說：「我先移走蛋糕！讓史尼夫可以舔盆子，這是屬於他獨享的。」

「如果他真的回來的話。」姆米爸爸說完，深深嘆了一口氣。

此時，麝香鼠走進來坐在角落。

「怎麼樣，彗星有什麼新發展？」姆米媽媽問。

「它離我們更近了，」麝香鼠說：「這一次絕對會天崩地裂。當然了，這種事對我這樣的哲學家不會有任何影響。」

「嗯，我希望到時候你能保護好你的鬍子，」姆米媽媽好心的說：「要是它們燒焦就不好了。要不要來片薑汁餅乾？」

「謝謝妳，也許一小片就好。」麝香鼠說。等到他吃完第八片餅乾時，他說：「不知道妳是否想知道一件事，小姆米托魯好像從山坡跑下來了，還帶來一群長相奇怪的朋友。」

「姆米托魯？」姆米媽媽尖叫：「你為什麼不早點說呢？」她衝了出去，姆米爸爸則跟在後面。

他們回來了，現在正在過橋！帶頭的是姆米托魯和史尼夫，接著是司那夫金，然後是司諾克兄妹，亨姆廉在隊伍尾端，他還在生氣。

大家互相擁抱，姆米媽媽忍不住叫道：「我親愛的姆米孩子，我以為再也看不到你了！」

「妳應該看看我是怎麼和毒樹叢纏鬥的！」姆米托魯說：「啪！一根枝臂斷了！啪！另一根枝臂又斷了，最後只剩下樹幹！」

「真勇敢！」姆米媽媽說：「這位小姐是誰呢？」

「是司諾克小姐，」姆米托魯說，將她領到前面，「她是我從毒樹叢裡救出來的女孩。這位是司那夫金，是流浪全世界的旅人。他是亨姆廉，是位集郵專家！」

「噢！」姆米爸爸說：「真的嗎？」此時他突然想起一件事。「對了！」他說：「我記得年輕時也蒐集郵票。這是很有趣的嗜好。」

「這不是我的嗜好！是我的工作。」沒睡好的亨姆廉粗魯的更正他的話。

「這樣的話，」姆米爸爸說：「也許你能幫我鑑定昨晚龍捲風吹來的一本集郵冊。」

「你是說集郵冊嗎？」亨姆廉大叫：「被吹到這裡來？」

「是啊，」姆米媽媽說：「我昨天晚上做好的麵包麵團，今天早上黏滿了這些小貼紙。」

「貼紙！」亨姆廉尖叫：「那些一定是我最珍貴、最稀有的收藏。它們還在嗎？它們在哪裡？看在全體亨姆廉的分上，妳沒丟掉它們吧？」

「它們都掛起來晾乾了。」姆米媽媽指著李樹下方的晒衣架說。

亨姆廉急忙跑過去瞧。

「他終於又有精神了。」史尼夫笑著說：「不過，如果是彗星在追他，他連兩步都懶得跑。」

「啊！對了，彗星。」姆米媽媽焦急的說：「麝香鼠說它今晚會掉在我的廚房後院。真是討厭，我才剛除過草。」

「我建議就在姆米家開會討論，」司諾克說：「我是說，如果你們不反對的話。」

「不，不，當然不會，」姆米爸爸說：「進來吧。不用客氣！」

「我做了一些新鮮的薑汁餅乾，」姆米媽媽有些不知所措的說，還拿出有玫瑰和百合圖案的新咖啡杯，「親愛的孩子，你們能及時回來真是太好了！」

「你們有沒有收到家庭小精靈發的電報？」

史尼夫問。

「有啊，」姆米爸爸說：「可惜信裡字跡潦草，多半是驚嘆號。家庭小精靈顯然緊張到無法寫電報了。」

此時，姆米媽媽靠在窗邊大叫：「咖啡！」大家一聽便魚貫進入，只有亨姆廉還待在外頭。他正忙著攤開所有的郵票，一張張分類堆好，還生氣的抱怨著他沒時間。

「好的，」司諾克說：「現在我們可以討論重點了。只可惜我弄丟了作業簿，我在上面寫了躲避彗星的注意事項。不過，有件事情就像鼻子長在我臉上一樣確定，那就是，我們必須找到躲藏的避難所。」

「你太大驚小怪了，」他妹妹說：「這很簡單。我們只要帶著最珍貴的隨身物品，爬進姆米托魯的洞穴就行了！」

「還有很多很多的食物！」史尼夫說：「順便提醒你們，那是我的洞穴！」

「我的天哪！」姆米媽媽叫道：「你們找到自己的洞穴了嗎？」

姆米托魯和史尼夫開始解釋他們是如何找到洞穴，那是多棒的洞穴，以及它絕對是完美的避難所。兩人同時說著，努力蓋過對方的聲音，結果史尼夫打翻了咖啡杯，咖啡全灑到了桌布上。

「真是的！」姆米媽媽生氣的說：「顯然你們兩個在外面就像小流氓一樣。史尼夫，你最好到地毯上吃，我做蛋糕的大碗在洗碗槽裡。如果你需要，可以去那兒拿。」

史尼夫一臉困惑的爬進桌布下方，會議繼續進行。

「我一直主張要讓每個人分工合作，」司諾克驕傲的說：「我們必須盡快將自己要帶的東西拿到洞穴，現在已經三點了。或許由我妹妹和我負責拿床單，怎麼樣？」

「好的，」姆米媽媽說：「我帶果醬。親愛的史尼夫，你能不能整理出書桌抽屜

裡的所有東西？它們全都要帶走。」

姆米家從來沒有這麼混亂過，所有人都忙著奔跑、搬運和整理。姆米爸爸將東西搬上推車，姆米媽媽則忙著尋找繩子和報紙。整個景象就像戰爭爆發時，只給你幾個小時撤離一樣。

姆米爸爸一趟又一趟的推著推車，穿越樹林來到海邊，把物資卸到沙灘上。然後，由姆米托魯和司那夫金用繩子將所有東西拉上洞穴。

在此同時，其他人全力搜索所有可以搬走的東西，從碗櫥到門把，連百葉窗的繩子都不放過。

「我可不想留下任何東西給那個老彗星。」姆米媽媽小聲的說，一面把浴缸推出門外，「司諾克，親愛的，趕快到廚房後院拔出所有蘿蔔。史尼夫，你可以拿蛋糕到洞穴，但要小心點！」

姆米爸爸推著推車跑過來。「大家都快一點！」他說：「天就快黑了，我們還得遮住洞頂的縫隙。」

「好了，好了，」姆米媽媽說：「馬上就來。我只剩下大黃樹周邊的貝殼，和最漂亮的幾朵玫瑰。」

「不，」姆米爸爸決斷的說：「我們不帶那些東西了。親愛的，快跳進浴缸，我一起推著前往洞穴。亨姆廉在哪裡？」

「他在數郵票，」司諾克小姐說：「他似乎對其他事情都不感興趣。」

「亨姆！」司諾克叫道：「看在老天的份上，快一點吧！彗星就要來了，到時候你的郵票一張也不剩。」

「噢，老天救我！」亨姆廉叫完，便直接跳進浴缸，緊抱著集郵冊，一動也不動的坐著。

這是大家最後一趟往洞穴出發。海邊一片陰暗荒涼，他們的前方是原本海洋所在的深谷，頭上則頂著暗

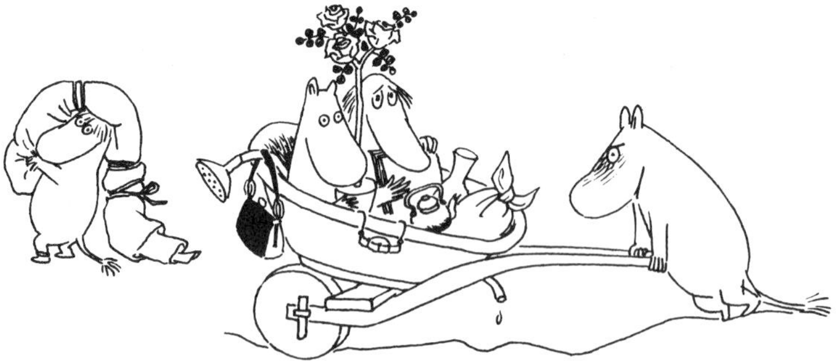

紅色的天空，後方的森林冒著熱氣。彗星已經非常接近了，閃著炙熱白光，拖著巨大身軀，一個勁的衝向姆米谷。

「麝香鼠呢？」姆米媽媽突然用恐懼的聲音問道。

「他不願意來，」姆米爸爸答道：「他說，對一個哲學家而言，匆忙撤離既不必要，又沒有尊嚴。我只好丟下他，但我留了吊床給他。」

「好吧！」姆米媽媽嘆氣：「哲學家真難懂。孩子們，讓開吧！爸爸要將浴缸吊上去了。」

姆米托魯、史尼夫和司那夫金在洞穴裡邊喊邊拉，姆米爸爸和司諾克則從海灘往上推和下命令，浴缸上下晃動，滑下來，又被拉上去，好不容易拉到洞口外的岩架上。

姆米媽媽一直坐在沙灘上擦拭前額的汗珠，最後，她大大的嘆了一口氣，喊道：「真是大工程！」

當然，亨姆廉一直坐在浴缸裡，沒有參與搬運的工作。此時他已經爬進洞穴，忙著整理郵票。「總是那麼騷動又匆忙，」他抱怨著：「我真不懂他們的奇怪行徑。」

氣溫越來越高，四周也越來越黑，時鐘的指針已經慢慢逼近數字七了。

浴缸進不了洞口，司諾克想要開個會討論這個問題，但是時間緊迫，於是他們決定直接把浴缸拉到洞頂，擋住上面的縫隙。

姆米媽媽在洞裡的沙地上幫每個人鋪了床，點燃油燈，司那夫金則將毯子掛在門口。

「你認為這樣的防護足夠了嗎？」姆米媽媽問道。

司那夫金拿出一個瓶子，得意洋洋的搖著它。「你們忘記我還有火精靈送給我的地下太陽油嗎？」他說：「剩下的最後一些足夠塗在毯子外面，就算有二十顆彗星也燒不了它！」

「它不會弄髒毯子吧？」姆米媽媽擔心的問。

此時，他們聽到洞外有吸鼻子和窸窣的聲音，一個鼻子從毯子下面露出來，然後是兩隻黑眼睛，最後是麝香鼠的整個身體。

「噢！」史尼夫喊著：「麝香鼠叔叔，你還是來了？」

「是的，下面的熱氣讓我很難思考。」麝香鼠說完，動作高雅的往角落緩慢移動。

「我們準備好了，」姆米爸爸說：「現在幾點？」

「七點二十五分。」司諾克說。

「那我們還有時間吃蛋糕。」姆米媽媽說：「史尼夫，你把蛋糕放在哪裡？」

「就在那附近。」史尼夫指著麝香鼠坐著的地方說。

「在哪裡？」姆米媽媽問：「我看不到。麝香鼠，你有看到蛋糕嗎？」

「我才不會把時間浪費在蛋糕這種東西上面，」麝香鼠嚴肅的捻著鬍鬚，「我絕對不會看蛋糕、吃蛋糕，或用任何方式與蛋糕接觸。」

「好的，可是蛋糕到底在哪裡？」姆米媽媽沮喪的說：「史尼夫，你不會在途中吃掉了吧？」

「它太大了。」史尼夫無辜的說。

「所以你吃了！」姆米托魯大叫：「趕快承認吧！」

「我只吃了上面的星星，」史尼夫說：「它很硬。」說完，他便爬到床墊下躲起來了。

「可憐的孩子。」姆米媽媽說，她突然感到疲倦，就著椅子坐了下來。

司諾克小姐仔細的看著麝香鼠。「麝香鼠叔叔，能不能請你移動一下？」她問。

「我坐下來就不移動了。」麝香鼠說。

「你坐在我們的蛋糕上了。」司諾克小姐說。

麝香鼠起身，天哪，他的屁股上從來沒有那麼髒過，至於蛋糕嘛……

「這種事不該發生的！」史尼夫咆哮。

「那也是我的蛋糕，」姆米托魯難過的說：「是要為我慶祝的！」

「這可好了，我想我這輩子都會這麼黏答答的，」麝香鼠狼狽的說：「我只希望我能像個男人和哲學家忍受下來。」

「大家都安靜，」姆米媽媽大叫：「它還是一樣的蛋糕，只不過完全變形而已。把你們的盤子拿來，我們分著吃。」她將壓扁的蛋糕切成九等份，分給大家。接著她拿來一個盆子，裝了熱水，要麝香鼠坐進去。

「這完全打擾了我的平靜，」他抱怨：「哲學家應該要免於日常瑣事的干擾。」

「別介意了，」姆米媽媽安慰他說：「你很快就會舒服一點了。」

「可是我真的很介意，」麝香鼠怒氣沖沖的說：「永遠不得安寧……」他繼續發牢騷。

洞裡越來越熱，他們各自坐在角落等待著。除了有人偶爾嘆氣或使眼色，洞裡一片寂靜。

姆米托魯突然跳了起來。

「我們忘記絲絨猴了！」他大叫。

「我們的確忘了她，」姆米媽媽說：「真可怕！我昨天還看到她在追螃蟹。」

「我們必須救她，」姆米托魯果決的說：「有人知道她住在哪裡嗎？」

「她沒有固定的居所，」姆米爸爸說：「恐怕只得將她交付給命運了。我們沒時間找她。」

「噢，親愛的姆米托魯，求求你別出去！」司諾克小姐懇求。

Tove

「我必須去，」他回答。「我會回來的，別擔心！」

「帶著我的手表，注意時間，」司諾克說：「動作要快，已經八點十五分了。」

「我只剩下二十七分鐘。」姆米托魯說完，擁抱一下緊張不已的姆米媽媽，吞下最後一口蛋糕，消失在毯子後面。

這就像是走在火力全開的爐子上，樹木毫無生氣的低垂不動，而炙烈的彗星讓人無法直視。姆米托魯跑過沙灘，進入樹林裡，用最大的音量叫道：「嘿！絲絨猴！妳在哪裡？絲絨猴！」

樹林下方的暗紅大地毫無任何生物的動靜，所有的小動物都躲到地下，安靜而害怕的蜷縮著。只有姆米托魯在林中奔跑。他不時停下腳步呼喚絲絨猴，聆聽是否有回

應，再繼續奔跑。最後，他停下來看手表。只剩下十二分鐘了，他必須回頭。

他不死心的喊了最後一次，讓他高興的是，這次他居然聽到微弱的回應。他雙手圈在嘴邊再呼叫一次，回應越來越近了。沒多久，絲絨猴在他前方的一棵樹上倒吊著。「哇，哇，」她大喊著：「真沒想到會再見到你。我還在想……」

「我們沒有時間聊天了。」姆米托魯打斷她的話，「趕快跟我回洞穴，否則我們就完蛋了。」

他們拚命的跑，絲絨猴又笑又叫，對眼前的狀況一無所知。「是很刺激的事情嗎？」她喋喋不休的說著，開心的從一根樹枝盪到另一根樹枝。她還以為是什麼好玩的事情，也許是賽跑之類的。

姆米托魯這輩子從來沒跑得這麼快。他不時查看手表，指針似乎走得比平常更快。只剩下四分鐘了！

他們來到海灘……剩三分鐘！在沙地上跑步真是困難。姆米托魯緊勾著絲絨猴的手，一起用力衝刺。

姆米媽媽在洞穴外面等待，當她看到他們兩人時，便用力揮手大叫：「快點，孩子！快跑！快跑！」

他們奮力爬上岩石，姆米媽媽抓住他們，一把推進洞穴裡。

「感謝老天！」司諾克小姐鬆了一口氣，身體的顏色已經逐漸轉為正常，之前的

二十分鐘裡她都緊張得呈現粉紅色，「我的姆米托魯，你及時趕回來了！」

這時，大家都聽到外面傳出一陣震耳欲聾的恐怖嘶吼。

除了還在整理郵票的亨姆廉以及泡在熱水盆裡無法動彈的麝香鼠之外，其他所有人都趴在地上。油燈滅了，洞裡一片漆黑。

彗星急速俯衝向地球。此時剛好是八點四十二分零四秒。一陣疾風吹起，地球劇烈震動，如同百萬顆岩石齊發。亨姆廉的臉摔到郵票上，史尼夫用最高的頻率尖叫，司那夫金用力將帽子拉到鼻子下方保護自己。

彗星夾著燃燒的尾巴呼嘯飛過姆米谷，穿越森林和高山，再度消失在世界的盡頭。

如果它離地球再近一點，相信我們大家現在全都沒命了。還好它只有尾巴輕輕掃過，然後就衝往遠方另一個太陽系，從此再也沒人看過它。

可是，在洞穴裡的他們不知道這一點，以為彗星掉下來時，世界萬物都燒得精光，只有這個洞穴留存下來。他們豎起耳朵仔細聆聽，只聽到一片寂靜。

Tove

「媽媽，」姆米托魯說：「結束了嗎？」

「是的，結束了，我的小姆米孩子。」姆米媽媽說：「沒事了，你得睡一覺。親愛的，你們都得去睡覺。史尼夫，別哭了，沒有危險了。」

司諾克小姐還在發抖。「真是太可怕了，不是嗎？」她說。

「不要再想了，」姆米媽媽說：「過來靠在我身上，小絲絨猴，過來取暖。我來唱首搖籃曲。」只聽她開口唱道：

緊緊依偎，閉起雙眼，
睡一晚無夢的好覺。
彗星走了，媽媽在這裡

保護你們直到早晨來臨。

大家立刻一個接著一個睡著了，最後洞裡只剩一片安靜與祥和。

第十二章

故事尾聲

隔天早上，姆米托魯第一個睜開眼。他遲遲想不起來自己身在何處，最後他終於記了起來，便立刻起身，躡手躡腳走到洞口，小心翼翼的掀起毯子往外看去。

眼前的景致讓他不敢置信！天空不再是暗紅色，又恢復為美麗的藍色，早晨的太陽看起來像剛被擦亮一樣，在原處照耀大地。姆米托魯坐下來，抬頭面對太陽，他閉上眼睛，打從心底發出喜悅的讚嘆。

沒多久，司諾克小姐也爬出洞穴，坐在他身邊。

「哇，天空、太陽和岩石居然都還在。」她嚴肅的說。

「妳看！海洋恢復原狀了。」姆米托魯壓低聲音說。海水不停歇的朝他們捲來，閃爍著柔軟絲綢般的光芒，這是他們一直深愛的那片海洋。

海裡的小生物全都從躲藏的泥巴裡跑出來，開心的浮出水面。海藻和水生植物面向陽光慢慢滋長，海面上飛來一群海鷗，在沙灘上方盤旋。

洞穴裡，大夥兒一一醒來，訝異的眨著眼睛。對他們來說，前一晚就像一個黑紅交織的可怕夢魘。只有亨姆廉沒有受到陽光與藍海的感動，他只是拿著集郵冊走上沙灘：「現在，我要開始第七次排好我的浮水印郵票，誰敢打擾我，就會得到報應，不管是姆米、司諾克或司那夫金都一樣。」

麝香鼠哼了一下鼻子，梳理整齊鬍子，便離開查看他的吊床還在不在。

「現在我可以在自傳裡寫下新的一章，」姆米爸爸說：「我的老天爺啊！這本書寫完一定會引起轟動。」

「親愛的，絕對會。」姆米媽媽說：「不過，我們遇到太多刺激的事情，我恐怕這本書永遠寫不完。噢，能夠再看到太陽真是太開心了！」

史尼夫把尾巴打了個蝴蝶結，跳起舞來，向著太陽舉起他的短劍，上面的貓眼石閃閃發亮。接著，他便跟著絲絨猴一起去查看災難後還有沒有螃蟹。

此時，司那夫金拿出他的口琴，想再試試還能不能吹。所有音階又都完好如初，連半音也一樣，他又可以心滿意足的吹奏任何曲子了。

姆米托魯走進洞穴，挖出他的珍珠放在司諾克小姐的腿上。

「這些送給妳，」他說：「讓妳可以妝扮全身，成為世界上最美麗的司諾克小姐。」

不過，他把最大的一顆珍珠送給他媽媽，讓她戴在鼻子上。

「噢，姆米托魯！真美麗！」她說：「不過，現在我想知道外頭的情況到底怎麼了。你認為樹林還在嗎？我們的房子、廚房後院也沒事嗎？」

「我認為所有的東西都在，」姆米托魯說：「跟我一起去看看吧！」

故事館23
姆米谷彗星來襲
Kometen kommer

作　　者　朵貝・楊笙（Tove Jansson）
譯　　者　劉復苓
封面設計　達　姆
責任編輯　丁　寧
校　　對　呂佳真

國際版權　吳玲緯　蔡傳宜
行　　銷　闕志勳　吳宇軒　陳欣岑
業　　務　李再星　陳紫晴　陳美燕　葉晉源
副總編輯　巫維珍
編輯總監　劉麗真
總經理　陳逸瑛
發行人　凃玉雲
出　　版　小麥田出版
10483台北市中山區民生東路二段141號5樓
電話：(02)2500-7696　傳真：(02)2500-1967
發　　行　英屬蓋曼群島商家庭傳媒股份有限公司
城邦分公司
10483台北市中山區民生東路二段141號11樓
網址：http://www.cite.com.tw
客服專線：(02)2500-7718｜2500-7719
24小時傳真專線：(02)2500-1990｜2500-1991
服務時間：週一至週五09:30-12:00｜13:30-17:00
劃撥帳號：19863813　戶名：書虫股份有限公司
讀者服務信箱：service@readingclub.com.tw
香港發行所　城邦（香港）出版集團有限公司
香港灣仔駱克道193號東超商業中心1/F
電話：852-2508-6231　傳真：852-2578-9337
馬新發行所　城邦（馬新）出版集團 Cite(M) Sdn. Bhd.
41, Jalan Radin Anum, Bandar Baru Sri Petaling,
57000 Kuala Lumpur, Malaysia.
電話：+6(03)-9056-3833　傳真：+6(03)-9057-6622
讀者服務信箱：services@cite.my
麥田部落格　http://ryefield.pixnet.net
印　　刷　前進彩藝有限公司
初　　版　2016年7月
初版六刷　2023年3月
售　　價　280元

ISBN 978-986-93214-0-2

國家圖書館出版品預行編目資料

姆米谷彗星來襲／朵貝・楊笙（Tove Jansson）著；劉復苓譯. -- 初版. -- 臺北市：小麥田出版：家庭傳媒城邦分公司發行, 2016.07
面；　公分
譯自：Kometen kommer
ISBN 978-986-93214-0-2（平裝）

881.159　　105008415